KEY·可以文化

莫言作品

球状闪电
Ball Lightning

莫言

Mo Yan

浙江文艺出版社
Zhejiang Literature & Art Publishing House

图书在版编目（CIP）数据

球状闪电 / 莫言著.--杭州：浙江文艺出版社，2024.10（2024.10重印）. -- ISBN 978-7-5339-7693-4

Ⅰ．I247.7

中国国家版本馆 CIP 数据核字第 2024QV4621 号

策划统筹	曹元勇
责任编辑	顾楚怡
营销编辑	耿德加　胡凤凡
校　　对	李子涵
责任印制	吴春娟
装帧设计	道辙 at Compus Studio
封面插画	鑫兰灰人
数字编辑	姜梦冉　诸婧琦

球状闪电
莫言 著

出版发行	浙江文艺出版社
地　　址	杭州市环城北路 177 号
邮　　编	310003
电　　话	0571-85176953（总编办） 0571-85152727（市场部）
印　　刷	上海盛通时代印刷有限公司
开　　本	889 毫米×1240 毫米　1/32
字　　数	105 千字
印　　张	6.75
插　　页	1
版　　次	2024 年 10 月第 1 版
印　　次	2024 年 10 月第 2 次印刷
书　　号	ISBN 978-7-5339-7693-4
定　　价	46.00 元

版权所有　侵权必究

目　录

球状闪电

001

天才

109

你的行为使我们恐惧

125

球状闪电

一

天山畜牧机械制造厂——啦啦——小康牌饲料粉碎机——啦啦——小巧灵便,耗能小效率高适用于小型养殖场本厂地址在——啦啦啦啦……收音机里正在播放着的商品信息不断被雷电干扰打断。他烦恼地摇摇头,把袖珍记事簿装进口袋,关掉疯狂的收音机,身体调整了一下,更舒适地仰在尼龙布睡椅上。他坐在一所平顶建筑宽敞的前廊里,面前对着深绿色模压塑料瓦檐下飞泻而下的雨水。头顶上的瓦片被急雨抽打得一片欢腾。他的视线从檐水的缝隙里懒洋洋地射出去。急雨在天地间编织着一张银灰色的巨网,风吹雨丝,如同网在水上漂。从风雨的网中,滑过来一个似人非人似鸟非鸟的怪物。他抻着褐色的细长脖颈,凸着滚珠般的喉结，一层水珠立在脸上，像凝结了的胶水。他的脚搅着葱茏的绿草地，碰落草上的水珠，留下深刻的痕迹。——老东西，你还没死？他骂了一声。大雨天你也不安生。告诉你，蜕下你那些乱毛吧，想上天？好好生产多赚钱去坐飞机么！——他无聊地跟老东西说着话，老东西管自蹒跚着，连眼珠都不倾斜过来。雨变得时疏时密，地上升腾起雾气，雨丝射进雾幛，便消逝得无影无踪。老东西一边走一边像落汤鸡一样抖搂羽毛，把水珠甩得四处飞迸。正南方不时有血红色的闪电撕开铅灰色的云层，闪电像一棵棵落尽叶子的树，有时也像吐着芯子乱窜的蛇，有时还像一串串珍珠项链。闪电过后，他看到老东西走到白杨树下，索索抖着，仰起脸来往树冠上望，看样子似乎要爬树，双腿之间，却哗哗地喷出尿来。他厌恶地转移视线，满眼里充斥进颤抖的闪电。闪电距离不等，他倾听着空气急剧膨胀的声音，计算着闪电的远近，消磨着寂寞的时辰。他的目光一直在望着那条从草甸子里爬出来的小路。现在小路是褐色的，他只能看到短短的一截，路的其他部分隐没在迷蒙的雾气里。如果她现在回来，她头上的火光一定会驱开路上的迷雾，他暗暗地想着她。闪电继续撕扯着云片，冲击着空气，制造着壮美的景色。辽阔的草甸子像一幅巨大的水墨画，绿色的草皮在闪电下急剧地变幻色调。有时,悬在低空的雾气被风吹出洞罅,如同嶙峋的怪石。从雾的眼里,他似乎看到了草甸子中央那片长年积水的洼地,那里鱼虾繁多,还有螃蟹青蛙癞蛤蟆,蜻蜓幼虫青草蛇。芦苇、蒲草从四面八方把洼地围起来。测绘大队的绘图员坐在直升飞机上看着这块洼地,说它像草甸子的一只眼睛,眼睛周围生满了绿色的睫毛。当地人把这块洼地叫"洼子"。他的爹曾经对他说过:蝈蝈,到洼子里割芦苇去吧,卖点钱,你自己手里也活泛点。很长一段时间里,他讨厌别人称呼自己的乳名"蝈蝈",连爹娘也不例外。他也讨厌这块积水的洼地。这都是几年前的事了,那时他跟现在不一样。他的目光亲切地抚摸着忽隐忽现的草地,芦苇圈成的高墙挡住了他的视线,使他无法看到洼子里晶亮的水。她说:这是一个很美的小湖泊,简直像一个梦!我们就叫它梦湖吧。她说,生活中不是缺少美,而是缺少发现。尽管他熟知这句名言,但从她嘴里听到这句话,还是如闻天籁,如悟禅机,如醍醐灌顶。笼罩草地的雾动荡游移,颜色如同澳大利亚奶牛吃了中国饲料后分泌出的奶水,白中透着浅蓝。杂花盛开的草地和亭亭如竹的芦苇在雾中变幻莫测。很遗憾,看不到梦湖里的水和水上的白莲花,他想。但思想是自由的,它生着无法折断的翅膀。于是他扇动翅膀飞到雨云中,强有力的空气涡流上下颠簸着他，冰冷的雨丝和黄豆大小的冰雹抽打着他的翅膀。雨水落在他翠绿色的羽毛上，如同落在濡不湿的荷叶上。他鸟瞰着梦湖，湖上开放着花朵般的白雾。他逐渐降低高度，感到雾气像水一样托住了他。他耳边清晰地传来雨点敲破湖面的声音、雨点撩逗芦苇的声音和鱼儿跃出水面的声音，嗅到了湖水的微腥和植物的清新气息……

爸爸！一个五岁的女孩手持一支玩具冲锋枪从走廊尽头的一个房间里跑出来，乳白色的房门在女孩身后自动合起来。在这一瞬间，走廊里就溢满了卧房的温馨气息。爸爸，女孩把冲锋枪抵到他的腰间，高声喊着。他闭着眼睛，鼻子里发出轻微的鼾声。蝈蝈！女孩把冲锋枪移到他的肚子上，用力戳了一下。蝈蝈！爸爸！女孩嘶着嗓子叫。他猛然惊醒，唇边似乎还留着芦苇的清香。你这个小蛐蛐！他弯腰把女孩抱起来，女孩骑在他的腿上。捣什么乱？爸爸好不容易才睡着。你的铁臂阿童木看完了吗？尼尔斯骑鹅旅行记呢？木偶匹诺曹？孙猴子猪八戒？都看完了？那就等着吧，等猫眼阿姨从县里回来。她不是说好了要给你买连环画吗？别胡搅了，爸爸肚子里的故事早被你掏光了。爸爸坐在这儿看雨呢。是的是的，她今天一定回来。爸爸比你还着急。对，爸爸下星期去农科院找张爷爷。你跟着猫眼阿姨去睡。想找你妈妈吗？好好好，别哭，不去，我们不去……

爸爸，你给我学蝈蝈叫。女孩命令道。那你要先学蛐蛐叫。他讨价还价地说。你先叫。你先叫。咱俩一起叫。好，一起叫。他噘起嘴，女孩绷紧唇，走廊里响起"吱吱吱""曜曜曜"的响声。走廊外边有十几株茁壮的向日葵，向日葵肥硕的叶子背面，有一只翠绿的昆虫，抖动着触须，谛听着走廊里的叫声。廊檐的滴水越来越细小，瓦上的雨声也越来越单薄。草甸子里响起一阵阵青草拔节的声音。急雨的间隙里，天色愈加晦暗，灰白色的云团从南边缓慢地涌过来，青草尖儿，树叶片儿，仿佛预感到灾难，战战栗栗地抖着，也许它们没有抖，而是人的感觉在抖。"喀喇喇"——忽然在头顶上亮了灼目的闪电响了短促的雷声。爸爸！女孩惊叫一声扎到了他的怀里。蛐蛐，别怕。快抬起头来看，看那枝状闪电。他的话音未落，又一个焦雷炸响了。女孩把脑袋埋在他的胳肢窝里，不敢抬起来，胆小鬼！你还想当政治家、铁女人，被小小雷电吓成这样。他捏着女孩的鼻子，硬把她的脸转到外边，让她看着一个连一个的闪电。女孩的耳朵里嗡嗡响，爸爸的话她一句也听不见。她睁大眼睛，望着廊外那棵高大挺拔的白杨树。奶奶说过，这棵白杨树和爸爸同岁，可是它比爸爸高多了。树上有三个喜鹊窝，喜鹊妈妈正在喂养小喜鹊。她曾经苦苦哀求爸爸,让他上树掏一只小喜鹊,可爸爸总是不答应。后来,猫眼阿姨给她买了一只铁皮花喜鹊,上足了发条能像青蛙一样乱蹦。闪电越来越密集。女孩看到眼前火光闪闪,一条条贼亮的火绳子在白杨树上穿来穿去,喜鹊巢里着了火,几只小喜鹊像落叶一样飘下来。女孩叫了一声。火光火绳忽然消逝了。白杨树枝叶间乱蓬蓬地飞着喜鹊。爸爸!女孩叫。小喜鹊!几只小喜鹊在树下扑棱着,雨水很快就打湿了它们未扎全的羽毛,它们全身滚满了泥巴。女孩使劲挣扎着,想挣脱爸爸的手,但爸爸把她搂得很紧。这时,又一团火光把黑色的白杨树照亮,油亮的白杨树叶像枫叶一样鲜红。火光陡然拉成一条垂直的金线,从树梢贴着树干一直到地,五个乒乓球大小的黄色火球沿着金线上下飞动,犹如五个互相追逐着的小动物。几秒钟后,小火球猛然聚合在一起,变成了一个黄中透着绿的大火球,从树上滚下来。火球约有儿童足球那么大,非常轻巧灵活,像实心的又像空心的,一边滚动,一边还发出噼噼啪啪的爆裂声。他听到身后牛棚里的奶牛沉闷地叫了一声,蓦然一惊,脱口喊出:球状闪电!他的双手下意识地松开了,女孩一下滚地,爬起来追赶那个在走廊前滚来滚去的火球。火球做着复杂的运动,逗得女孩也做出各种复杂的动作。他双眼直直地看着火球和女儿,像看着两个小精灵在跳舞。就这样持续了大约有二十秒钟,火球稳稳地落在地上。女孩跑上去,飞踢一脚。射门!她喊。火球应声而起,擦着他的耳边飞过去,穿过墙壁进入牛棚。没等他站起来,就听到脑后一声巨响。他似乎听到了奶牛们像墙壁一样倒下去,鼻子里嗅到一股浓烈的火药味,身体轻飘飘地离开了地面……

二

他感到自己像羽毛一样飘起来,四肢拨弄空气,好似在湖水中仰泳。周身血脉舒畅,心脏平稳跳动,思绪如梦非梦。他面朝着天,头顶上的头发像马鬃一样低垂下去,明净平滑的额头上落上不少雨珠,又顺着两侧太阳穴嘟噜噜地滚下去。头发上油光闪闪,同样沾不住水球。含水很多的灰雨云从他的面孔上飞快地向北运动着,雨水把云坠得像只"囊里郎当"的大口袋,憋不住的水流淅淅沥沥地流下来。他恍然想出了一个妥帖的比喻来形容这雨云:它就像一个憋了一膀胱尿的男孩子,在匆匆忙忙地向厕所跑,那种沉重感,那种慌乱感,都是绝对地准确和相似。我可是知道这种滋味的难熬。脑子里负责言语的枢纽指令发声器官喊话,发声器官不听指挥,这个信号只好无可奈何地反馈回去,像一股逆流冲击着平静的溪水,于是,逝去的往事一一在脑海里闪现出来……

蝈蝈,蝈蝈!他听到娘在叫着自己,猛然惊醒,立即明白了是怎么一回事。娘在昏黄的油灯下给他缝棉袄,爹坐在条凳上扒麻,针线穿过棉布的嗤嗤声、折断麻秆的噼啪声,细微而清晰。蝈蝈,起来尿尿。娘说。可是,他已经把尿全尿在白天刚晒干的褥子上了。

白天,娘把褥子搭在土墙上晾晒,村里一个年轻媳妇从这儿路过,捂着嘴笑个不停。蝈蝈,画得一手好地图。那个媳妇是初中生,一口牙齿用毛刷子刷得雪白,头发上别着一个蝴蝶形的塑料发卡。他的脸臊得通红。娘却追着那年轻媳妇问:宝河屋里的,你识文解字,有没有什么偏方,帮俺蝈蝈治治尿炕的毛病。那个媳妇咬着嘴唇,狡黠地笑着。有啊,她说,大婶子,您老晚上睡觉前,找根麻绳把他的鸡头扎起来。那可不行,娘说,扎坏了怎么办?那媳妇大笑着跑了。他看了一下土墙上的褥子,果然是大圈套着小圈,像地理图也像云朵。

他躺在被窝子里抽抽搭搭哭起来。又尿下啦?娘说,他爹,得想个法子给他治治,他十四岁了,转眼就该娶媳妇啦,娶了媳妇还尿炕,让人家瞧不起。爹说:等到逢集日,我带他去找找关先生,让他给抓两帖中药吃。十个男孩有八个尿炕,不是什么大毛病。

他没有想什么娶媳妇不娶媳妇的事。他想:明年就该上中学了,学校离家二十里,要住校,尿了床可就丢死人啦。他爬起来,大声说:爹,娘,快给我把病治好吧,我长大了一定孝顺你们。娘让他站到炕边上,把褥子调了一个头,让他在干褥子上重新睡下。娘给他掖好被子,安慰他说:蝈蝈,睡吧。他感动得热泪盈眶。他知道,自己尿湿的那块褥子要靠爹和娘的体温来烘干了。这一夜,他很长时间没有睡着,脑子里想象着长大后孝顺爹娘的情景。他听到爹和娘在说着闲话。娘说:蝈蝈会是个孝顺孩子的。爹说:咱就这么一个独根子,他要不孝顺,咱还指靠谁?

……他朦朦胧胧地回忆着凄苦的少年时代,身体缓缓坠落在牛棚前的草地上,脑后的青草向四下里分开,青草茎叶上的银色的水珠儿纷纷落地。草地松软潮湿,散发着酢浆草的气息。他除了感到脑袋有点发晕,眼睛有点发花,别的没有什么不适的感觉。他想爬起来,草地吸住他不松开,他只好躺着,一闭眼,竟看到无数道金色的光线笼罩全身……

他已经躺在秋天的芦苇荡里了。正午的太阳穿过苍黄的芦苇,把一道道柔和的光线射到他的脸上,身上。空气仿佛凝固了,苇田里毳毛不动,安静犹如月球。一簇簇枯黄中透出凄惨的嫩绿的苇叶遮住部分阳光,使他能够睁大眼睛往上望。苇叶像枪刀剑戟般交叉在一起,宝蓝色的天空被它们分割成碎片。已经连续几个月不下雨,苇田里很干燥。他的身下是裂开缝隙的黑色泥土,还有半干的野草,去年的苇茬子烂成的碎片,柔软的芦花。他头枕着十指交叉的双手,眼睛里流出两滴透明的泪珠。现在,地球上没有一个人知道在这片密匝匝的成熟的芦苇里,躺着一个不走运的失败者。他想,完了,考不进大学,一切希望都落了空……

父亲带着我去找关先生看病。关先生家三间茅屋,几架篱笆,仿佛世外桃源。我扯着父亲的衣角,惶恐。关先生是个略微有点佝偻的老头子,脑袋亮堂堂的,双眼一只大一只小,腮上还有一个枪疤,下巴上是一部神仙一样的白胡子。他慢条斯理地为我诊脉,说病,处方。他握着一杆很大的毛笔,用着一个很大的铜墨盒,他蘸一下墨,看我一眼,写几个字。又蘸一下墨,又看我一眼,又写几个字。从他眼里射出来的光如同 X 光一样透彻,我觉得自己的五脏六腑全被老人看透了。我肚脐眼下有块痣。我说。老人笑了笑,说:到院里篱笆上摘根扁豆给我喂喂蝈蝈。老人的头上方挂着一个用苇眉子精心编织成的金黄色的蝈蝈笼子，里边养着一只翠绿色的蝈蝈。我如获特赦般地逃出了先生的"X光机"。院子里有一棵枝叶婆娑的老梧桐树，树下坐着一个银发老太太，老太太面前放着一个药碾子，药碾子像一艘铁壳船，船舱里是一堆黑色的糊状物。老太太用枯枝般的手把那些糊状物搓成一个个梧桐籽大的丸子，均匀地摆在一块光滑的木板上。我感到浑身沾染了仙气，一股温热的气体从肚脐下一直上升到双肩，又沿着双肩散射到十指。老太太像架机器人一样工作着，我站在她面前足有十分钟，她的眼珠连瞥我一下都没有。我半蹲下身，说：老奶奶，扁豆。她把头慢慢地抬起来，脸上浮起一个慈祥极了的笑容，这笑容像热熨斗一样把我心里的皱纹全熨平了。扁豆。喂蝈蝈。我又说。她举起那只沾满了药泥的手，指了指西篱下。我立即奔了过去，站在一架扁豆前，鼻子里嗅着淡淡的花香，眼睛看着一穗穗紫色白色蓝色扁豆花。翻开叶子，我摘了一根遍是茸毛的嫩扁豆。坐在蒲团上的老太太又对着我慈祥极了地笑。

蝈蝈笼子已经摘下来放在桌子上。透过笼子的洞眼，我看到了这个和我同名的小昆虫。它像一块绿玉，两只咖啡色的复眼如同女人的奶头，两层翅膀，外边一层是墨绿色，里边一层是淡黄色。它还拖着一个沉重的大肚子。这是一只草蝈蝈。这种蝈蝈叫起来没有节奏,吱吱吱一声到底,好像一只知了。我认识三种蝈蝈:草蝈蝈、玉蝈蝈(身体小巧玲珑,叫声高低起伏,触须细长)、"刮头筢子"(身体比草蝈蝈小比玉蝈蝈大,浅绿色,叫声如同用指甲刮筢子)。我算得上蝈蝈专家。老先生竟然养了这样一只蠢笨家伙。我鄙夷地盯着它,它也用那两只女人奶头一样的复眼木然地盯着我。它用两瓣黑色的大牙啃着坚硬的苇眉子,嘴里吐着绿色的唾液。我用扁豆戳着它方方正正的头。关先生用粗大的毛笔杆子敲着我圆圆的脑壳,说:崽子,把它提走吧。这几天它没命地叫,把我的耳朵都吵聋啦。我心里想,这样的破东西送给我,我一出门就撕掉它的腿。

我吃了关先生三帖药,药汁黑得像墨水,味道又甜又涩。每天晚上入睡前,我就想起先生腮上那个枪疤,想起银发老太太脸上那慈祥极了的笑容,这笑容像熨斗一样把我心里的皱纹熨得平平整整。同时我的耳朵里还响着那只草蝈蝈的叫声——本来我是想把蝈蝈撕碎的,爹不让,爹要我爱惜生灵积阴功。我把那只蝈蝈提到草甸子里放了。就是这样,我的下水道上好像装上了阀门,每天夜里都拧得紧紧的,滴水也不漏。我心里坦然毫不自卑地进了中学。在中学里鬼混到七七年,突然发生了变化,不论是官宦子弟还是平民子孙只要考得高分一律可以上大学。于是,同学们和老师们一起发了疯。爹和娘也知道了这变化,天天给我烧香祝祷。娘养了十几只母鸡,母鸡拼命下蛋,我拼命吃蛋黄,因为报纸上说蛋黄里含有补脑物质,吃得越多越聪明。我的脑袋又大又圆,再加上吃了大量的蛋黄,很快就把荒废掉的学业补上了。进入应届毕业班时,我已经成了尖子中的尖子。我们的毛校长经常用岳父般的目光注视着我。他的女儿毛艳跟我是一个班级。毛艳长得结实极了。夏天她总是穿着一条男式短裤头,剃一个短短的小分头,胳膊和腿像洼子里的乌鱼一样又黑又亮。她的眼睛像两个五分硬币,同样大同样圆,眼睛周围是一圈尖儿往外翻的睫毛。

毛艳想考体育学院,毛校长坚决不同意。她找到我,叫着我的乳名:蝈蝈,爸爸不同意我报考体育学院,你说怎么办?我说:运动员头脑简单四肢发达,一过三十岁就完蛋。她说:你说的跟我爸爸说的一样。那我考什么呢?我说:你报考省农学院,他们年年招不足生。她说:学农要下地。我说:农科院的研究员下地吗?农学院的教授下地吗?中国农业落后,农业科学空白很多。杨锡三老师说,一门科学越是处于草创时期,越容易出成果。你现在去研究高能物理吧,去研究哥德巴赫猜想吧,没有大天才是不行的。(你这样的也只配进农学院,最好让你进畜牧系,毕业后把你分配到良种站给马配种。)你准备报考什么学校?她问我。我说:再说吧!(本人是要进北大中文系的,哲学系也可以,虽然我对物理感兴趣,但我觉得学文会更有出息。)我抱着膀子离开了她。她在我后边说:蝈蝈,帮我复习复习数学吧。她跑到我面前,伸展开黑又亮的四肢,拦住我的去路。对不起,我要去钓鱼。我说。蝈蝈,你别烧包!今年出的全是偏题怪题,是美国宇航员从太空人那儿弄来的考题。她恨恨地说。太空人什么样?见过吗?我傲慢地嘲弄她。她愣了一会儿,突然大声说:当然见过!太空人头上插着无线电,怀里揣着方便面。得了吧,我说,你别给我瞎扯了。蝈蝈,帮我复习复习嘛。她把腰拧得弯弯曲曲地对我说。对不起,没空。我学着蝈蝈叫,跑到厕所旁边的葵花地里去撒尿。一个大土坷垃打在我的脖子上,碎土落了我一裤裆。我听到毛艳在远处咯咯地笑,笑了几声,又呜呜地哭起来。

可能是被毛艳这一坷垃把我体内的调节开关给震坏了。高考轰轰烈烈地开始了。第一天上午考政治。一进入考场,我就感到小腹下坠、尿泡里的水滴滴答答往下渗,我感到马上就要尿到裤子里了,不得不举起了一只颤抖的手。监场老师怀疑地打量着我,走过来问我有什么事。我说要小便。老师说刚进场就小便不行。我说马上就要尿到裤子里啦,我脸上布满汗珠,话音里带着哭腔。老师像押解犯人一样把我押解到厕所里,双眼死死盯着我,生怕我掏出什么纸条啦,书本啦。我转过身使劲撒尿。蝈蝈,你一滴尿也撒不出来,尽管你的膀胱胀得发痛。监场老师在我颈上砍了一掌,说:走吧,未来的大学生!别装神弄鬼啦。你要是再敢捣乱,我就把你叉出考场。

我有口难辩,有苦难言。挪回到座位上,忍着强烈的尿迫感答卷。卷面上的黑字像一队队蚂蚁在爬动。我用眼睛捕捉着它们,可它们爬得飞快,而且乱爬一气。完了。我一只手攥着一支钢笔,两只钢笔里都灌满了天鹅牌高级蓝墨水。一直到终场铃响,我也没在卷面上写下一个字。监场老师把我的卷子抢走了。我听到他说:又是一个白卷先生!

下午数学,第二天语文、史地,我几乎是在重复这一套把戏——稍微好一点,我总算在试卷上胡乱写上了一点东西。

我是哭着离开学校的。我感到非常冤枉。老师和同学都为我惋惜。后来,我听说发榜了。我总共考了五十九分。的确是奇耻大辱。毛艳以总分二百八十六的成绩被省农学院录取了。她临走前,骑着自行车窜到我家对我说:爸爸让你回校去"回炉"。其实,只要你克服了心理障碍,全国的大学你可以挑拣着上。我说:是的,这些我知道。没法子,这是命。她说:狗屁命。爸爸前些天给舅舅写过一封信,介绍了你的情况——舅舅是精神病医院的高级大夫,他来信说,你可能患了高考综合征。治疗方法是每天慢跑三公里,深呼吸二百次,俯卧撑三百个,进考场前喝一大碗凉水。我说:好吧,我试试看。

毛艳果真进了畜牧系,学了一肚子马牛羊,青草碱草酥油草。我回了一年炉,难题解了上千道,脚底磨出老茧子,可是一进考场,我的感觉跟去年一样,强烈的尿迫感伴随着我考试。我又一次名落孙山。毛校长恨不得揍我。我说:校长,这能怨我吗?我难道不愿意考进名牌大学为您争光为学校争光也为我爹娘和我自己争光吗?校长说:事不过三,你再回一年炉吧,行就行,不行只好拉倒了。我说:校长,明年我一定好好考。电灯泡捣蒜,孬好是一锤子买卖啦。

我又回了一年炉。考试前夕,校长让我回家看看绿色的草甸子,呼吸点新鲜空气,聆听一下鸟儿的歌唱,松弛一下神经,准备战斗。我回了家,爹娘又高兴又惊慌。娘把积攒下的鸡蛋成堆煮给我吃,一直吃得我满嘴鸡屎味。爹神秘地对我说:蝈蝈,你今年保险能考中。你还记得前几年我领你去关先生家看病不？你到院子里去摘扁豆时，关先生对我说，天地间万物都是有灵气的。他说，清朝有个举人进京会试，过河时见到水上漂着一个蚂蚁，举人顺手把蚂蚁捞起来。后来，主考官判卷时，发现他的卷上伏着一只蚂蚁。举人把一个字写少了一个点，蚂蚁伏在那儿充那个点哩！主考官用笔杆把蚂蚁拨拉掉，蚂蚁又爬回去。又拨拉掉，又爬回去。主考官感叹一声：这个举子有善功！取了吧。朱笔一挥，举人高中了进士。我说：这与我有什么关系？有关系的，蝈蝈。爹郑重地说，当时先生送你一只蝈蝈，你不是把它放了生吗？这就是善功呀，孩子。这几年我总是听到一只蝈蝈在耳朵里叫，孩子，放心考去吧。

我被爹说得见神见鬼。进了考场后，尿迫感果然消失了，但眼前却出现了那只蝈蝈，它用那两只女人奶头一样的复眼仇视地盯着我，两只黑色的大牙咯咯吱吱地啃着嫩扁豆，牙缝里分泌出绿色的唾液。蝈蝈在考卷上爬来爬去，翅膀剪动着，发出知了一样的叫声。

我又一次败下阵来。事不过三，校长早说了。我灰溜溜地回了家。这两个月我像丢了魂，我心存侥幸地希望那个蝈蝈施展神通，我不是看到满纸蝈蝈爬动吗？也许，蝈蝈的绿色唾液会在考卷上留下痕迹，而这些痕迹，恰好就是标准答案……

我只好安分守己地当一个农民了。爹和娘反复劝导我：人生天地间，庄农最为先。千买卖，万买卖，不如在家榜土块。有活干，有饭吃，不生病，就是神仙过的日子，不比国家主席差呢。我躺了几十天后，终于爬了起来。换下学生装，穿上破衣衫，腰捆麻绳，手捉镰刀，冲进了这金色的芦苇丛……

他躺着，全身的骨架子仿佛散了。手心里被镰柄拧出了一个葡萄大的水泡，在脑勺下一跳一跳地痛。其实他一上午没干出多少活，割下的芦苇还不够一个人扛的。早晨临行时，为了表示死心塌地干农活的决心，他让娘给包了两个大饼子一块咸萝卜。娘说：几里路远，来家吃热汤热饭的多好。他恼怒地说：我懒得跑路。爹对娘说：你就随他的意吧。娘又往包袱里塞了两个咸鸡蛋，反复叮咛他悠着劲干。他不耐烦地点着头，跺着脚，用镰柄挑着干粮包袱，摇摇晃晃出了家门。村里把苇田分到了户，每口人一亩，他家分到三亩苇。一上午他只割了两个碾盘那么大的地方，七八捆芦苇像他一样躺在地上。

带来的干粮就在芦苇捆那儿放着。他的肚子咕咕直叫，但他懒得起来吃饭。他迷迷糊糊地看到，太阳像马一样嘶叫着往西跑,连成片的苇缨子被阳光照得斑斑点点。起了一阵小风,参差错落的苇叶子喊喊喳喳地低语着,灰鼠色的苇缨子频频地点着头。野鸭子在苇田深处呷呷地叫着。芦苇茂密如森林,三亩啊,天。

他忽然想起毛艳。生着两只猫眼的她已经是大学三年级的学生了,而我却躺在这荒莽的苇塘里,如同一条僵蚕,如同一节朽木。都是那个该死的蝈蝈!他杂乱无章地想着。脸上忽然痒起来,好似一条光滑冰凉的尾巴在五官的间隙里滑过去。他恢恢地睁开眼,看到一条苍黄的尾巴在抖动,他吃了一惊,定睛看去,方知眼上的尾巴是一个苇缨子。苇缨子连着撕光了叶片的苇秆,苇秆握在一只胖胖的手里。他微微一怔,看到了肥大的水红袖管里一根浑圆的胳膊。目光又一动,才看全了那人的上身,她胸脯结实丰硕,腰背很厚,有一张葵花盘子一样的圆脸。你干什么呀。他嘟哝了一句,扭动了几下身体,紧紧地闭住眼睛。闭着眼睛依然看到苇叶苇秆间飞舞着的金蝴蝶一样的光斑。茧儿,她来干什么?他想,我好像把她给忘了,我和她同村居住,只隔着一条胡同。她爹是个老木匠,会打箱打柜打门窗。前年有一天,我挑着一担水往家走,榆木扁担压得我龇牙咧嘴。她捂着嘴笑我。我放下水桶,愤怒地问:笑什么?她窘得满脸通红,转身走了。我和她大概就说过这一次话,况且像凶神恶煞。

那条尾巴又开始在脸上拂动着,但却不是适才冰凉光滑的感觉,它变得毛茸茸的,又刺痒又灼热。他想:这个茧儿,是犯了什么病啦?于是睁开眼,大吼一声:你闲得爪子痒痒吗?痒痒找块炉渣擦擦去!一声吼叫吓坏了她,芦苇缨子掉在他的胸脯上。她的脸红成鸡冠子,手足无措地站着。他折身坐起来,目光溜溜地被她吸过去。她穿着件水红色偏襟衫儿,圆脸盘上有两只距离不近的眼睛,鼻子有点扁平,上嘴唇稍微有点噘,额头上披散着孩童般的额发。他目不转睛地看着她。她也偷偷地看他。不知为什么,她那件水红色偏襟衫儿使他的心一阵阵发冷发抖,冷过抖过,又开始发热发颤:他又兴奋又感动,从心灵深处荡漾起一阵田园牧歌的旋律。她手扶几棵芦苇垂着头,苇秆儿颤动苇叶儿,苇缨儿摇晃,破碎的阳光似金粉般飞扬着,洒遍了她的水红褂子和她的脸。他的眼里,流露出忧悒的温柔和甜蜜的忧愁。这件水红色偏襟衫子,金色芦苇中的水红衫子,把他一下子推出去很远,空气里充满了山林野兽的生气蓬勃的味道。

茧儿,你的学名叫什么?没上过学也应该有个学名呀。叫你的乳名茧儿你不生气吧?刚才把你吓坏了吧?我心里不好受,看什么都不顺眼。你也是来割苇的?你家分了几亩？割完了吗？我这三亩苇,怕要割到大年三十啦。不用,我自己慢慢割,恼起来我放一把野火烧了它。不用,说不用就不用。

她捂着脸哭起来,从指缝里流出抽动鼻子的声音和大颗粒的泪珠。泪珠滴到水红衫子上。太阳像头老牛一样蹒跚着,阳光中银白的光线正在减少,紫光红光逐渐增强,芦苇的色调愈加温暖。水红衫子!你越来越醒目,越来越美丽,你使我又兴奋又烦恼,我不知是爱你还是恨你。你像一团燃烧的火,你周围的芦苇转瞬间就由金黄变成了橘红。水红衫子!你像磁石一样吸引着我站起来。你不要后退呀!你后退我前进。水红衫子,你干么畏畏缩缩,身后啦啦响着芦苇。水红衫子,你使我变成了一只紧张的飞蛾……

他的脚踩在一团软乎乎的东西上。苇丛中一声怪叫,像婴儿的哭声又像老头的咳嗽。他汗腺猛然张开,出了一身冷汗。低头看时,见到一只排球大小的刺猬。蝈蝈,怎么啦?她惊声问道。吓死我啦,一只大刺猬,一只刺猬精。我用镰刀劈了它。他恨恨地说。你别伤害它,蝈蝈。刺猬是伤害不得的。好吧,看在你的面子上,饶了它。他用三个指头捏起刺猬坚硬的背毛,提拎起来,前后悠着,增加了惯性,然后一松手,喊道:滚你个刺儿球!只听得苇棵子稀里哗啦一阵响,大刺猬就消失在一片辉煌的颜色里去了。它的刺毛跟芦苇叶子一个颜色,难怪他踩到它身上。

水红衫子,你把我的眼睛晃花啦。

三

老刺猬刺球被一个连一个的球状闪电吓得身体缩成一团,瑟缩在窝里。它的窝建在一条排水沟的半腰里,窝的上沿生着一棵高大的苍耳子,苍耳子棵子结满了生满硬刺的枣核状种子。雨水已经在沟底下积蓄起来,明晃晃像一条烂银。水位还在继续升高,离窝下沿还有二十厘米。水汽已沿着土壤毛细管上升到窝里,铺窝的干草湿漉漉的。它非常忧虑地瞅瞅洞外铅灰色的天,雨忽大忽小,沟里的积水像被枪弹撞击着,水星迸溅起很高,它胸前的细毛上,挂着一层亮晶晶的水珠。沟外雾蒙蒙的原野上,潮气像流水一样波动着。几只青蛙追捕着翅膀被打湿的蚂蚱和飞蛾。野草梢上挂着水珠,叶子背面沾满泥土。下吧,你娘的!它恨恨地骂着,顶多淹了我的窝,淹了我的窝我就到蝈蝈家的牛饲料储藏室里住几天。那里有喷香的麸皮和散发着酒香的糖化饲料。去年我在那儿住了七个多月,后来蝈蝈在里边安装了电子捕鼠器,我才搬出来。

　　白杨树上的球状闪电滚到牛棚前廊里了,刺球好奇地看到那个杏黄色的怪物在绿色的廊檐下捉摸不定地跳跃着,它还听到蝈蝈的高叫声和女孩的欢呼声。白杨树上的喜鹊缩着脖子痛苦地呻吟着:羽毛烧焦了,窝烧毁了,孩子在泥水里濒死挣扎。刺球目不转睛地盯着火球,心里充满了对大自然的无比虔诚和恐惧。它看到女孩像个小精灵一样在廊下追赶火球,火球和女孩开着玩笑。后来,奶牛棚里猝然蹿起一道金色亮光,紧跟着一声爆响,银色的细雨间隙里,游丝般穿动着一缕缕青蓝色烟雾。蝈蝈和女孩都像风筝般飘起来,又像羽毛一样落在草地上。它浑身打战,针毛支支直立起,身子下边的枯枝败叶索索作响。蝈蝈,虽然你摔过我,但我还是希望你平安无事,在咱们这块小天地里,你是个了不起的人物。刺球想钻出洞去看看蝈蝈是不是还活着,但一片雨云停滞在上空,洒下无数箭一般的雨丝,沟里的水冒起一层层气泡。它鼻子酸酸的,用力打出了一个回忆往事的喷嚏。

　　……蝈蝈,你这个丫头养的。走路不长眼,差点踩断我的脊椎,这还罢了,最让我受不了的是你竟用三个指头提着我的背毛把我摔出去。我像块石头蛋子一样在芦苇丛中碰撞着,幸亏地上铺满了芦花,芦苇又缓冲了我落地时的重力加速度,才使我没有伤筋动骨。

刺球在芦苇中打了一滚,背毛上扎着两片淡黄色的苇叶,像挑着两面搦阵的旗帜。空中飞行使它头晕,胃里的酸汁直冲喉管,它在苇根下发现一只橙黄底色上镶着黑斑点的甲虫,立刻把尖吻伸过去。甲虫不慌不忙地翘起屁股,从发射管里喷出一股白色烟雾。刺球被打得晕头转向,好久才清醒过来。它悔恨自己健忘麻痹饥不择食,竟忘了放屁虫的拿手好戏,吃了一个大亏。一边想着,一边扒开烂苇叶,吃了两个雪白肥胖的蛴螬。肚里饱了,又蜷伏在苇丛中,目光锐利穿透芦苇,看对面立着的一男一女。偏西的阳光把苇田涂抹得姹紫嫣红,晃动的苇叶每一片都把光线切割断,反射光愤怒地四处迸散,各色光波在一瞬间分离一瞬间聚合,刺球的眼前百色纷纭。

那个穿红衫的姑娘又嘤嘤地哭起来。

你哭什么?茧儿,你有什么冤屈?有人欺负你了吗?要不就是你爹打你啦?告诉我,我可以帮你的忙。

真的吗?我说了后你不恼我?那么,我就说。昨儿晚上,袁大嘴——她是媒婆——到俺家去啦,她对俺爹说:你家茧儿不小啦——俗话说闺女大了不可留,留来留去结冤仇——该给她找个主啦——东胡同里老竹家的蝈蝈,是打着灯笼找不着的好小伙,人模样好,又有大学问,老两口一个孩,茧儿过去了就是当家婆。爹说:就怕高攀不上人家。大嘴说:什么高攀,蝈蝈下了学,也是庄户孙一个。茧儿也不差——就是这些,我全说啦。

你就为这个哭?

我心里嘣嘣地欢气,像怀着只兔子。

刺球悄悄地往前爬动着,一直爬到离蝈蝈和茧儿很近的地方。它屏住呼吸,看着这两个年轻人。

茧儿的两只手已经从脸上拿下来,她的左手按在两个乳房之间,右手扶住一棵粗壮的芦苇,指甲一点点地掐着芦苇皮儿。她的圆脸上横一道竖一道的泪痕,大眼睛、小鼻子、小嘴,使她的脸显得生动幼稚,像个大洋娃娃。

你知道吗茧儿,我考了三年大学都没考上。我命不好。我不会干活。我学习不成,庄户不能,是一块废料。我一天割了这么点苇,不超过十平方米。真正的男子汉每天能割一亩苇。我连你都不如。

你要了我吧,蝈蝈,求求你。你长得好,腰板直挺挺的像棵白杨树。我一见到你心里就扑通扑通乱跳。

我连大学都考不上,还配娶老婆吗?我不配。

蝈蝈,你考不上大学我反倒欢气——你别生气,俺不是那个意思。俺想,你要考上大学,就被城里的大嫚抢走了,轮不到俺的份。她慢慢跪下来,双膝交替着向前移动,一直移动到蝈蝈面前,双手搂住他的腿,仰起了脸。蝈蝈!蝈蝈。她凄凉地叫着,双手在他的腿上施加着压力。蝈蝈的身体慢慢地往下沉。他的眼睛想往远方看,远方看不到,一片静默无语的苇缨子在凝望着他。他的腿像泡酥了的泥土一样软软地坍下去,终于与她对面跪着啦。刺球微微移动了一下,正好能看到两个人的侧面。蝈蝈比茧儿高,茧儿的嘴在蝈蝈下巴的水平线上。刺球听到急促的呼吸和两颗年轻心脏不规则的跳动声。蝈蝈的头还是僵硬地仰着,脸色煞白。天上传下来车轮滚动般的隆隆声,大概是地球围绕轴心转动的声音吧。蝈蝈到底是这样干啦:他把脸沉重地俯到茧儿脸上,四片嘴唇粘在一起,牙齿交错着,咯咯吱吱地响。刺球紧缩在苇根下,大气儿都不敢出。后来,两个人松开啦,女的依然跪着,男的却仰面朝天躺在地上,像死了一样。

蝈蝈,你搂了我,亲了我,我就是你的人啦。袁大嘴晚上就去你家提媒,你一定要答应,你不答应,我只有去死啦……快点娶了我吧,我看到人家抱着小孩子就馋得不行……茧儿爬到蝈蝈面前,把手指插进他凌乱的头发里,温柔地梳理着,偶尔有一根落发夹在她的指缝里,她就举起手,用双唇把落发叼起来……

蝈蝈,你别发愁,明日我就帮你来割苇。咱俩是一根绳上拴着两个蚂蚱。闪开!别动我!蝈蝈忽然发了怒,他从地上折身起来,抢起镰刀,发疯般地向芦苇砍去,芦苇秆儿,叶儿,缨儿,在闪闪的刀光下纷纷落地。

蝈蝈,茧儿哭叫着,你别这样呀!你心里不痛快就打我吧,只是别生气伤自己的身子。刺球看到她迎着闪闪的刀光冲上去。

放开我,混蛋!放开我。不,就不,我不愿意你这样。你是我什么人?你有什么权力干涉我!我是你老婆。老婆?见鬼!你想赖着我?刺球看到刀光又闪烁起来,响着刀砍芦苇的嚓嚓声和芦苇落地的沙沙声。它还听到一声细微的、奇异的声响,尖尖的鼻子里嗅到了一股血腥味。它吃了一惊,凝眼看去,只见茧儿姑娘的小红衫子袖管破了一块,比衫子颜色要深一些的血从破处渗出来,汇成流,沿着手背、手指,一线串珠似的滴落在芦苇的残枝破叶上。茧儿姑娘像叹息般地呻吟着。

刺球痛苦地闭上了眼。它忽然想到,世界原来很小,这些人遥远的祖先和我遥远的祖先是亲兄弟。是岁月使我们生分了,疏远了。茧儿,你这个善良的姑娘,挨了蝈蝈这个丫挺的一镰刀,你竟连骂他一声也没有。蝈蝈,你这个狠心的鬼。当时我恨不得扑到你身上,在你脸上打几个滚,让我背上的硬毛给你放放血。但没等我动作,那柄镰刀就掉到了地上。蝈蝈双肩耷拉着,伸手捂住了茧儿的伤口。

茧儿,你真想嫁给我?

想。

痛吗?

痛。

血红的夕阳照耀苇田,处处都像野火燃烧。刺球沿着低矮的草丛和潮湿的沟坎,紧紧地追着茧儿和蝈蝈的影子。村头上暮色四合,炊烟如华盖般笼罩着,几只晚归的乌鸦扇动着紫色的翅膀在树冠上盘旋着。树下,一个鸟状大动物痴呆呆地盯着自由飞旋的乌鸦,人状的脸上有一种心驰神往、宛若飞升上天的表情。有两个男孩子躲在树后,一个用红皮筋弹弓,一个用黑皮筋弹弓,连连射击着大动物的臀部。刺球伏在一道篱笆边,看着茧儿和蝈蝈站在那儿。它听到他们低声咕哝了几句,又看到他们匆匆地分手。茧儿一步一回头地消失在暮霭里,刺球跟着蝈蝈走。

蝈蝈家离原野最近,三间茅屋,一圈土墙。芦苇编扎的柴门破了一个洞，刺球把身体拉长，伏下针毛，从洞里钻进院子。它沿着院子四周侦察了一番。猪圈里一头瘦骨嶙峋的小花猪不满地对它哼哼着。鸡窝里有二十几只鸡，母鸡们都趴在干燥的沙土上睡觉，唯一的一只老公鸡单腿独立在鸡群正中，像个勇敢的骑士。鸡窝里很暗，刺球看不清公鸡羽毛的颜色，只能看到它那只熠熠发光的眼睛和那一嘟噜肉冠子模糊的暗影。刺球在那个陈年草垛上钻了一个洞，刚想趴下休息一下，就看到柴门被挪开，一个大腚女人风风火火地穿过院子进了茅屋。茅屋里立刻响起响亮的说话声。一个时辰后，女人又像来时一样风风火火地走了。她的脚步沉重，刺球的肚皮能探测到她的走路引起的地壳震动。这时，一钩眉月挂在西边的树梢上，月儿又细又长，发着可怜巴巴的绿色光芒。院子里染着一层苜蓿花样的紫色。一只鸡在卷着舌尖说梦话。小花猪在咯吱咯吱啃石槽。草甸子里温暖的馨风像鸭绒般飘过来，刺球感到全身无一处不舒坦。它跑到花猪的槽子里挑了一块玉米饼子吃了，又沿着潮湿的墙角捉吃了几只甲虫。月牙儿很快落下去了，院里这时是栗子皮的颜色，茅屋里渗出一线橘黄色的灯光。刺球踱到门槛边，从猫洞里钻进去，蹲在暖烘烘的灶边，窥视着屋里的动静。

它先看到一张古铜色的脸，一个半秃的头顶和两只被皱纹包围着的眼,两排结实的黄牙咬着一根竹管铜烟袋,又辣又臭的旱烟味儿呛得它喉咙发痒,直想咳嗽。只听到那老头说:老皮家的身板儿不错,能干活。刺球又听到坐在灯前的那个老太婆说:腚盘儿挺大,能生出大孩子。老头说:那就答应了吧。这要先问问蝈蝈,老太婆说,新社会了,不能父母包办。先头说:孩子家懂得什么,他就知道爱花哨,寻老婆还是寻个结实点的好。老太婆抬起头,瞥了老头一眼说:你没白活,到底是醒过酒来啦。老头吐出一口掩饰的浓烟,说:问问他,要他答应。有个女人拴住他的心,省得他像根鸡毛一样在半空中浮着。叫他吧。老太婆喊:蝈蝈,来呀。

锅灶后的暗影里,几只蛐蛐嘁嘁地叫着。一只猫从黑暗中走过来,猫眼里闪着绿光,呜呜地发着威,肩膀一抖,背上的毛尖儿噼噼啪啪放出电火花。刺球把背耸了耸,根本不去理它。猫儿猛扑上来,惨叫一声,便瘸着爪子跑了。刺球无心跟猫儿纠缠,它望着三间茅屋的东间,终于看到蝈蝈摇晃着长长的身子穿过堂屋,来到爹和娘面前。

蝈蝈,大嘴来给你提媒,你也听到了。老皮家的闺女本分,身板儿好,爹觉着挺合适,你娘说要听听你的口信。

蝈蝈,这闺女长得好,奶膀儿大,日后有了孩子奶水旺,娘也觉着挺合适。

蝈蝈垂头丧气地立在灯光里,额头上满是皱纹。

问你话呢,老头说,你别心气太高了。考不上大学就得安心在土里刨食吃,要是你考上大学,爹才不管你的事呢。

蝈蝈,你爹说得不差。庄户地里不要什么好看,长得俊不能当饭吃,不能当衣穿。再说,茧儿也不丑,肥头大耳的,一脸福相。

她白天在苇田里找过我。蝈蝈懒洋洋地说。

这可是你们自由的,不是爹封建包办。

他爹,那就快点办事吧,老皮家正道忠厚,不会要多少彩礼的。

蝈蝈像木偶一样立着。

……肚皮下冰凉的感觉把刺球从沉思遐想中唤醒。沟里的水已涨得跟窝一样平,混浊的雨水灌了进来。它立即站起来,抖搂着身上的毛,面前是一片水,雨比刚才稀疏了,但雨点却大如铜钱。水面上漂浮着一层杂草和肮脏的泡沫,几条从天而降的小泥鳅在水中呆头呆脑地游动着,搅起一串串水泡。它的四肢已经浸在水里了。一种死到临头的恐惧感使它遍身发冷。它咬着一根雪白的草根,思索着逃命的方案。它先试探着把后腿和身体探到沟水里,后爪紧紧蹬住倾斜的沟坡往下滑,一直到全身出了洞。这时,水淹到脖子,它用力一跳,两只前爪搂住了那棵大苍耳子。然后,拖泥带水地上了岸。它抖着身体,把水珠甩出去几米远。窝已经淹在水下了。田野里到处湿漉漉的,沟沿上的牛粪渗出褐色的汁子,野草拼命地吸收着。刺球小心翼翼地向蝈蝈家走去。大白天行动,它不得不提醒自己一定要小心谨慎。蝈蝈不可怕,可怕的是蝈蝈的女儿蛐蛐,这个小姑娘胆大到脚踢球状闪电,可不是随便闹着玩的,被她踢一脚,至少要翻三个滚。

刺球来到白杨树下,看到蝈蝈还是仰面朝天躺在草地上,离他十七米远的地方,躺着英雄小姑娘蛐蛐。刺球心里悲恸难忍。雨已经完全停了,小风乍起,摇落树叶上积存的雨水,地上被砸起几乎难以发现的泥土颗粒。两只大喜鹊像石块一样从树上掉下来,一边扑棱着光秃秃的翅膀一边嗷嗷地怪叫。

刺球走近蝈蝈,看到他的额头被雨水冲洗得干干净净,好像半轮光洁的月亮。一转眼就是好几年!刺球喟叹一声:蝈蝈,时光如梭啊……

闹洞房的人半夜才散,院子里弥漫着烟草味,刺球从草垛里钻出来,照例先去猪食槽里吃饭。蝈蝈办喜事,家里吃鱼吃肉,猪食槽里全是鱼刺鸡骨头。它吃饱了,又挑拣了几块拖回草垛,然后在院里消食散步。它来到这个院里已经两个多月,天气日渐寒冷,地上的草梗上凝结着一层白色的霜花。天上悬着半个月亮,一道凄凉月色清幽幽地照着土地和房屋。洞房的红窗纸被一根蜡烛照得通红。刺球熟练地钻槛进屋。蝈蝈的洞房没有房门,挂着一条花布门帘。刺球撩起门帘钻进洞房,踩着满地糖纸烟蒂,贴着炕前的暗影钻到柜子下边去。蜡烛在窗台上燃烧着,屋子里很亮。茧儿身穿大红袄盘腿坐在炕头上。她头戴一朵红绒花,脸上像涂了胭脂,眼睛里像抹了油。跳跃的火苗把茧儿跳跃的影子印在新糊了白纸的墙上。蝈蝈呢?刺球惊诧地想,这个小子,扔下新娘守空房。新娘子面对孤灯,脸色由红变白,眉梢耷拉下来。蜡烛结了一个大灯花,屋里顿时暗下来,满屋都是阴影。当刺球差不多蒙眬入睡的时候,堂房房门响,接着又听到撩动门帘声。一股寒气冲进来。

刺球望着满身挂满霜花的蝈蝈。他衣冠不整,脸色灰暗,坐在炕沿上,一声不吭。

茧儿抽抽搭搭地哭起来。

你哭什么?他说。

你知道我哭什么。

你多大岁数啦?

你连我多大岁数都不知道?

知道还问你干什么?

二十四,原来你比我大三岁。

人家都说,"女大三,抱金砖"。

抱金砖,抱银砖,还不如死了好。

蜡烛灭了。蜡烛芯子冒着看不见的烟,屋里漾开燃烧油脂的味道。幽幽月光照着窗纸,屋里能看清人的轮廓。刺球看到茧儿猛扑到蝈蝈身上。她哭哭啼啼地说:蝈蝈,好兄弟,你不能就这样把我毁了啊……

四

……茧儿搂着我,把我的脸亲得黏糊糊的。她刚吃过水果糖,嘴里有一股薄荷的香气。举行完一本正经的婚礼,我就感到自己犯了一个严重的错误。我不知道是不是爱这个大脸盘的姑娘,尽管那天在苇田里她那件水红衫子是那样强烈地撩动过我的心。现在,她就是我的老婆啦。她理直气壮地脱着我的衣服,像一层层地剥着我的皮。后来,我的手被她抓住,按到松软的乳房上,她的心在我的手掌下剧烈地跳动。我不知道是痛苦还是欢乐。蝈蝈,蝈蝈,人在世界上,没有几年混头呀,你别太苦了自己呀,她抚摸着我说。她的身体像一块灼热的炭一样烫着我。

好吧,就这么着了,混吧。我仿佛落进一个散发着热烘烘的酒糟气息的池塘里,混浊黏滞的泥浆,被褐色的阳光烤得烫热的泥浆从四面八方包围着我,我的身体无法自主,我的呼吸无法流畅,我感觉到要灭顶,灭顶之后要窒息,在昏沉迷蒙中,我突然用力抓住她给予我的弹性丰富的肉体,在她低沉的断断续续的呻唤声中,我恍然又觉得进入黝黑的林莽,到处都闪烁着嗜血动物的绿荧荧的眼睛,它们在我四周磨牙叩齿,发出一阵阵迫不及待的喘息声,我又恐惧又喜悦,用力撕扯着她,她的每一声呻唤,都唤醒我一种从未发现的深藏的疯狂,直到她嘤嘤地哭起来,直到她灼热的身体冷冰冰地僵起来,我才突然明白我干了些什么,这时,我立刻又悔恨交加,痛苦万分……

在村子西头的烧酒铺里,我学习着喝酒。每天晚上,那里都聚了一帮子人,吆三喝四,呼五叫六,把酒盅子咂得嗞嗞叫,把开裂的黑桌子拍得砰砰响,一副卷曲成花片模样的纸牌在四个人手里擎着,其余的人努力抻出脖子,向着各自的方向看。酒铺掌柜羊角莲,就是那个让娘把我的小鸡头扎起来防我尿床的白牙小媳妇,她比前几年胖了,屁股扭来扭去,显得腰细如柳条,一动两动都带着风。她正在给墙上的木钟上弦,铁扳子扭得嘎嘎吱吱响。我走进酒铺,她关上钟门,把一块明亮的红绸子蒙在钟上,立即转身对我笑,那些白牙一颗颗像葫芦籽儿一样整齐漂亮。蝈蝈兄弟,稀客呀!她笑得比蜜还甜,声音曲曲折折,如同唱歌。打牌喝酒的男人们歪了头来看我,脸上的表情荒凉遥远,眉眼都看不太清楚。灯光渐渐转暗,又慢慢转明,一张张脸逼近过来,似乎都认识,又似乎都陌生。是老竹家小子——刚娶了亲——没考进学——是个秀才——可惜了——坟地没占着好风水——进来坐呀,大侄,让你羊嫂子给你灌两盅——打牌打牌,该谁出啦——在一片嘈杂声中,我冒了一身细汗。众人的脸又渐渐远去,羊角莲拍打着我的背把我挤到一个角落上,用力按着我的肩说:坐下。我的屁股落到一个方凳上,扬着脸直着眼看她。她妩媚地一笑,小声问我:喝酒?我说:不喝,我不会喝。她又笑了,说:男子汉大丈夫,哪有不喝酒的?我说:我真不会。她转身从柜台上摸过一盒烟,用指头挑开封条,在烟盒底下用中指弹一下,又弹一下,两支烟一支高一支低地伸出了头。她把烟送到我面前,说:抽一支。我不会抽,我说。抽一支——我不会抽——你会不会吃饭——会——笨蛋,喝不会喝,抽不会抽,你活着干什么?念书念痴了。

她给我划火点着烟,自己也点上一支。我咳嗽着,看着湿漉漉的烟雾从她鼻孔里钻出来。没考上大学?她问我。我点了点头。考不上也好,在家里养你爹娘,她说。我点头。她忽然诡秘地笑着,把脸凑过我,我闻到了她嘴里笑出来的酒味儿。我听到她说:还尿床吗?我热烘烘地红了脸。茧儿要是生了气,一脚就把你踢到炕下去了,她欺负你没有,要是她欺负你,嫂子替你出个治她的偏方——没等她把偏方说出来,就有一个麻脸黑汉子斜着眼大叫:羊,给我拿盒烟。羊角莲瞥他一眼,继续对我说:她要是打你,你就——羊,小母羊,别和你小兄弟放浪了,拿烟呀!——去你娘的五麻子!羊角莲骂道:俺兄弟是读书识礼的人,由不得你侮弄。她骂着,离开我,去给五麻子拿烟。

  一个黑影在门外闪了一下,又闪了一下,又闪又闪又闪了好几下,我头发一乍一乍地支棱起来,正待发喊,就见一个黑乎乎的大物跌了进来,那物从地上立起来,天真地笑了几声。原来是一个瘦脸老头,脖子从袄领里长出老高,细细地挑着脑袋,双眼闪闪如玻璃球,溜溜地旋转。他左手提着一个摔得坑坑洼洼的钢精锅子,右手提着一个蛇皮袋子,袋子里鼓鼓囊囊不知装着何物。

  老头的笑声把汉子们的脖子笑歪了,都怔怔地看着他,有的闭着嘴,有的张着嘴,眯缝眼的有,圆睁眼的也有。

羊角莲拿烟出柜台,见老头正对着她笑,立即发了怒,尖声喊叫:老疯子,你怎么又来啦?快滚!老头畏畏缩缩地往墙角上退,我坐的这个墙角的对面的墙角。羊角莲把烟扔给五麻子,急转身抄起一把扫地笤帚,在老头面前挥舞着:滚出去,你给我滚出去。老头继续后退,终于用墙角挤住了身子。羊角莲的笤帚在他眼前晃一下,他就闭一下眼,脖子缩一下——摆出准备挨打的架势——叫一声:别打我……我要飞……

飞了十年了,也没见你飞起来!你给我滚出去!

别打我……我要飞……

瘦老头的叫声弹性丰富,尖上拔尖,起初还有间隔,后来竟连成一片。我也学着那老头,把身子用力往墙角里挤,喉咙里一阵阵发痒,恍然觉得从我的嘴里也发出老头那种悠扬的尖叫。

我要飞……别打我……我要飞……

飞你娘的去吧!瘦老头到底赶不走,羊角莲也脸上出了汗,于是扔掉笤帚,倚在柜台上喘气。五麻子说:羊,看我给你吓走他。

五麻子从木钟上扯下红绸,扎在左臂上,凶凶地逼近老头,站定,一语不发,左胳膊夸张地举着。老头先是端详着五麻子的脸,继而目光下移,眼睛如雨点般一阵急眨,五官顿时挪了位,身体也如被热尿烫着的蚂蟥一样紧缩成一个球。良久,才从他嘴里发出一声水淋淋的叫声:别打我……我要飞……紧接着声音如转珠联环,急促密集:我要飞别打我要飞别打我要飞别打我要飞别打我(羊角莲一把撕掉五麻子臂上的红绸子,扔进柜台里)别打我……我要飞……别打我,我要飞……瘦老头身体渐渐松开,像一堆泥巴样瘫在墙角上。

五麻子,拿烟钱!羊角莲恶狠狠地叫。五麻子掏出几张黏糊糊的纸票。甭找零了,让我摸一下就行了。五麻子斜着眼说。回家摸你娘去!羊角莲竖着眼骂,几个耀眼的"钢子"从她手里直直地飞到五麻子脸上,众人大笑不止。打牌打牌打牌,该谁出了?

羊角莲从柜台上摸出一瓶酒,用牙齿咬开塞子,咕咚喝了一口。我看着她。她看到我看她,一笑,弯腰不知从哪儿摸出一个杯子,倒满酒,端着对我来。我惶悚地站起来,叫一声:嫂子。她说:陪嫂子一杯,一醉解千愁,我什么都要教会你。她用滑腻的手指在我腮帮子上拧了一下。我心里突突跳,接过酒,一仰脖,灌下去了。又一杯又一杯,都灌下去了。

我喉咙里着了火,肚子里着了火,脑子里着了火。眼前的一切都跳动不安。灯火慢慢膨胀成篮球大,像一个月亮满天飞;又慢慢缩成针鼻小,闪闪烁烁捕捉不到。我醉了吗?嫂子?远远的一个声音说:没醉。我说:不,你骗我……我醉了……我听到自己的喉咙像哑猫一样……

瘦老头在我对面的墙角上慢慢蠕动起来,像一条大虫子。灯火从他眼里反射出来后,橘黄变成了浅蓝。我看到他的嘴唇急遽地翕动着,好像念着神秘的咒语。他脱掉破棉袄,露出鱼刺般的上身,那儿有大大小小的疤点熠熠生光。他揭开破烂钢精锅,从锅里用一根竹片(也许是木片)挑起一些黑色糊状物,抹到胸上、肩上、臂上,酒铺里弥漫开一股臭橡胶味,羊角莲掩了鼻,但并不说话。老头涂完上身,又从蛇皮口袋里倒出一些大大小小的羽毛,蓬蓬松松,五颜六色地堆在面前。我的眼神渐渐稳定,看着老头把一根根的大羽毛往双臂上粘,粘完了左臂粘右臂,粘完了双臂粘胸脯,用完了大羽毛用中羽毛,用完了中羽毛用小羽毛,表情严肃认真,动作熟练准确一丝不苟。他渐渐变了模样。它羽毛明丽。他脸上表情生动感人。它羽毛渐丰。酒铺里充满了鸟的气息,羊角莲呆呆地看着他,张着嘴。汉子们也都停了牌戏,端详着这只漂亮的大鸟。

从此,我每天晚上都要去酒铺喝酒,老头儿每天晚上都在那儿往身上粘羽毛。那天晚上我喝多了,头痛得像要裂开一样,舌头僵硬,嘴唇上的神经也好像坏死了。五麻子问我:蝈蝈,打过老婆没有?我说:没……没打……她好好的,我打她干什么……五麻子笑着对众人说:哈哈,你们听到没有?这个笨蛋傻儿子,打老婆难道还要什么理由吗?老婆是男人的消气丸,愿意玩就玩,玩够了就打。怎么样,小子,敢不敢试试?五麻子的眼睛对着我逼过来,他嘴里酸溜溜的热气哈到我脸上。谁说老子……不敢,试试就试试……我摇摇晃晃地站起来,差点踢翻老头儿盛涂料的破钢精锅子。老头抬起头,玻璃球眼睛里闪烁着绿荧荧的光芒。羊角莲拉住我,说:蝈蝈,你别听五麻子撺掇。我用力拨拉开她的手,怒冲冲地说:你,别管我!歪歪斜斜冲出酒铺,凉风迎面吹来,我的头更晕了,酒精在我胃里着了火,灰白的土地在我头上旋转。我踉踉跄跄撞开柴门,用拳头擂响房门。茧儿已经睡下了,穿着短衣服给我开门。你糊涂啦?钥匙在门边挂着,轻轻一拨门闩,不就开了吗?她说。她赤脚站在地上,寒冷的星光照进来,我看到她雪白的大腿和脖子。我把一口酒气喷到她脸上。哎哟,亲娘,你怎么又喝成这个样子,已经醉过四五回啦,醉了还要胡闹,把身子糟蹋啦。她大声说着,爹,娘,你们也不管他。他又喝醉啦,三星偏西才回来。爹和娘好像睡死了,屋里一点声息都没有。好半天,娘才说:男人哪有不醉两回的?把他弄到炕上好好照顾着,这么点事,还用得着大呼小叫。茧儿再也没敢吭声,搀着我的胳膊把我拖到炕上,一边给我脱衣服,一边唠叨着:蝈蝈,好蝈蝈,求求你,再也别喝啦。你别自己糟蹋自己,我什么地方做得不好,你尽管说。我举起拳头,摇晃着:你这条母狗,敢来管我,老子要揍你!愿意揍你就揍吧,只要你心里舒坦,要我怎么着我就怎么着,她说。我咬紧牙,握紧拳头,对着她的肩膀捣过去,她一下子仰在炕上。又一拳头,打在她的胸脯上。她捂住胸膛哭着说:蝈蝈……你别朝奶上打,打坏了……就没法给咱的孩子喂奶啦……

我猛然惊醒了。孩子?你说,咱的孩子!是呀,蝈蝈……我已经五十多天没来啦,还老是想吃酸……

茧儿的话吓坏了我。老天爷,连我自己都不知道该怎样做人,就要承担起教养孩子的责任,这怎么行。我说:去医院流产吧。她说:不,不,你这个野熊。她双手抱住胸膛,好像保护着婴儿。好吧,茧儿,我是瞎说的。从今之后,我不喝酒了。我打了你两拳,你还回来吧。我抓住她的手,说,打吧,你打吧。她喉咙里咯咯响着,使劲抱住了我,嘴里低低地说着:孩子,蝈蝈,好孩子,我舍不得打你。只要你真心对我好,要我的肉我也割给你。

冬天过去了。

春天来到了。

村外的草甸子里,像铺开了一条绿毛毡。村头的柳树上,绽开了鹅黄色的柳叶儿。桃花也在一个中午放开了。

春雨淅淅沥沥地下了一夜又下了半天,午饭过后,我站在堂屋门口,望着草甸子上的氤氲烟雨。燕子冒着雨忙碌着,一口口衔来白泥,筑着房檐下的巢。我百无聊赖地望了一会悒郁的田野,便打着呵欠,回到屋里。我问茧儿:那本杂志呢。什么杂志?杂志就是杂志。俺不知道,俺不知道什么叫杂志?就是一本书,一本大书,蠢货。噢,你说那本书呀,皮上画着一个大辫子的?被我剪了鞋样子啦。她掀起炕席,把那本粉身碎骨了的杂志拿出来。我无话可说,叹了一口气。俺不知道你还有用,俺想,孩子就要出生啦,得早着点准备,就去村里剥了几套鞋样子。我不好,你实在恨得不行,就拣不要紧的地方打几下子吧。

我说:脱掉衣服让我看看孩子。她说:等晚上,等晚上看。雨声单调冷落,屋里灰蒙蒙的,她的眼睛里似有火星在迸溅,这粒粒火星点燃了我的血液。我把她拉过来,轻轻地解开她的扣子,她忸怩着,遮掩着,被我脱了个赤身露体。我第一次发现她的身体是这样白净,像银子一样闪着光。她的肚子已经凸起来,肚皮上有两道深深的纹。我从来没有这样动过情,我温柔地抚摸着她,不是摸老婆,而是摸爱人……

茧儿急急忙忙从我怀里挣脱出去,胡乱披上衣服。期期艾艾地埋怨着我:都怨你,都怨你,不黑天就让人赤身露体。我回过头去望着窗户,查找使茧儿如此惊慌的原因。在那块巴掌大的玻璃上,紧贴着一张干瘪的脸,鼻子挤成平面,双眼如同磷火。那是我的娘。我一拳打在墙壁上,关节上的皮裂开了,露出了白瘆瘆的筋骨。我跑出屋,跑出院子,钻进了恼人的雨网里去。茧儿和娘在高声说着话,我一句也没听清,我什么都不想听。我无法用言语来形容从窗玻璃上看到干瘪脸时那一刹那的感受。两种同样掺杂着野蛮和文明的东西狠狠地撞击了一下子,使我对天地间的一切都感到厌恶。

雨幕和夜幕交织在一起,我仿佛沉入了茫茫大海,潮水把我推上去又拉回来,嘴里鼻子里灌满了腥咸的海水。我忘记了家,像丢掉了一副沉重的枷,牛毛细雨打得我浑身精湿,被雨水泡酥了的草甸子在我脚下噗唧噗唧地响着,泥土的微腥,泥土的清新,灌进了我的肺和胃,我的心愈加灰冷起来。后来,我驻足在洼子边上,洼子里的水很平静,淤泥里泛上来的水泡——也许是鱼儿吐出的水泡——在噼啪儿噼啪儿地破碎着,两只最先觉醒了的虎纹蛙在水中呱呱地叫着,它们在为爱情歌唱呢。我浑身哆嗦着,蹲下去,用手摸着脚下密匝匝的芦芽儿,芦芽儿都像锥子一样,颜色应该是嫩绿和紫红。我的眼睛已经适应了黑暗,看到了洼子里毛玻璃一样的水光,看到了紫色的草甸子和灰绿色的天空。芦苇芽丛中有一个草球一样的东西在滚动,小趾爪踩着泥土的声音变成了夜曲中的一个细微组成部分。我站起来。刺球,我跟着你走,你能带我到一个新的生活里去吗?蝈蝈!蝈蝈!草甸子里响起了茧儿的呼叫声。我的眼前立刻浮现出她洁白如银的身体,这个身体是那样柔软、温暖……我的牙齿得得地打战了。蝈蝈——蝈蝈——她的声音拖得很长,像母牛呼唤牛犊,在两声呼叫的间隔里,传来压抑不住的哽咽声。

五

众奶牛被球状闪电击翻,横七竖八躺了满棚。棚子里弥漫着浓重的硝烟气息,棚顶上有一个脸盆大小圆圆的洞,它们浑身颤抖着,用上侧的那只眼望着圆洞里的钢青色的天空。一大缕潮湿明亮的光线斜穿圆洞,照着一只额上带白花斑的奶牛巨大的乳房。乳房被另一头奶牛的瓣蹄触着,那瓣蹄一伸一缩地动着,像有微弱电流从乳头通进去,滑腻的乳汁汩汩地流出来。它舒服地喘息着,哞哞地低鸣着,麻木的身体渐渐灵活起来。这时,同伙的瓣蹄大力动了一下,乳房上像被狗咬了一口,它猛一挣扎,竟然抖抖索索站立起来。"哞——"它余惊未消地叫着,东歪西扭片刻,终于站稳。它垂下头去,用角轻触着躺着的四个伙伴。它们悲凉的眼睛里盈着绿水,拼命挣扎却站不起来。

棚外吹来从草甸子里刮来的充溢着芳草气息的风。它焦急地走到宽敞的窗户前,寻找廊檐下听收音机的主人。它看到那把折叠躺椅翻倒在地,收音机在水泥地面上摔碎了咖啡色外壳,男主人躺在二十米开外的草地上,在他的不远处,躺着美丽的小主人,她头上那根红绸布条像一朵艳丽的杜鹃花。"哞——哞——"它一声接一声地叫着,并用头撞击着插销在外的铁门。"哞——哞——"它叫着,伙伴们听着它的叫声,都伸腿拗脖子,力图站起来。它用力撞着门,新型模压材料组装成的墙壁发出叮咚叮咚的声响。终于听到了插销脱落的叮咚声。铁门倾斜着向外张开,它急匆匆地冲了出去,沉甸甸硬邦邦的乳房在两条后腿之间摩擦着,适才被同伙瓣蹄子蹬着了的地方火辣辣地痛。它不再跑,慢慢走,沉重的蹄子踩在吸足了水的草地上,每下都陷得很深,草地上留下一行它花瓣般的蹄印,并立刻就有水渗满了那些蹄印。在蝈蝈面前,它站住了。"哞——"它低沉亲切地呼唤着,主人毫无反应。它用嘴巴拱着他,用漂亮动人的蓝眼睛看着他漂亮动人的面孔。它闻到有一股咸盐的味道从他脸上发出来,便伸出紫色多刺的舌头去舔。它舔着他的额、腮、下巴,把他苍白的面孔舔出桃花般的艳色来。主人平静的呼吸直冲着它银灰色的鼻子,它的眼睛慢慢潮湿起来,瞳孔闪着水晶的光芒,瞳孔里有清晰的睫毛倒影和树冠冲下的白杨树。雨轻尘,雨后的空气潮湿稠密弹性良好,寻常听不到的县城火车站火车鸣笛声跨越过村庄河流,贴着地面飞到草甸子上来。笛声低沉压抑,颤抖不止,如缓缓爬来的黑色巨蟒,如慢慢伸展的透明触须。听着笛声,它缩进舌头,唇边挂着无色的斜涎,扬起了秀雅的头。

"哞——"奶牛悠悠地叫一声,和着还在甸子里爬行的火车笛声。笛声使它觳觫,笛声使它沉思。它的眼前重新出现那块古老的大陆,大陆上有一望无际的辽阔草原,草原上绿草茵茵鲜花怒放,袋鼠怀揣婴儿在草地上跳舞。初夏,衣衫褴褛的流浪剪毛工剪出的羊毛铺天盖地,犹如白色浪潮。它依稀还记得原主人家有一栋白色的小楼,楼旁有一株高大的桉树,一群白鹦鹉用樱桃色的弯嘴巴把褐色多棱的桉树种籽啄得像冰雹般散落下来……想到这里,它的眼前出现许多模模糊糊似懂非懂的图像,记忆之河结了厚浊的冰,水流在冰下凝滞地蠕动着。有一个钢铁怪物在无边无际的水上漂行,成群的凶恶老鼠抢食着牛粪,到处都是浊臭熏天,动荡不安。几百头牛挤在一起,跑肚拉稀不思饮食……印象渐渐清晰起来,从白色的面包车里钻出几个穿白衣戴白帽的人,用粗大的铁针管子往它们肩上注射药水,有几个体弱者,没等注射完毕,就扑地而死。

火车笛声一次次地传来,一次次地打断它的沉思又接续起它的沉思。它记起了在闷罐子车上度过的艰难日子。一行五个,被装进一节闷罐子里,沿途走走停停,不分昼夜。闷罐里的恶浊空气使它们掉膘脱毛,咳嗽流鼻涕,眼里生出大量眵目糊。后来,总算到了终点站,一个闭塞的破烂小县城。县畜牧兽医站一个穿制服戴大檐帽的胖男人和一个同样穿制服戴大檐帽的胖女人来接它们。当时,它吓得肠胃痉挛,返草不畅。一路上,形形色色的制服大檐帽可把它们折腾苦了。

那个男人脖子粗短,脖子后堆积着一坨子脂肪。女人的形状像个啤酒桶,没有脖子,脑袋垩在两肩之间,头上耸着弯弯曲曲的羊毛。她的两个大奶子可怕地耷拉着,走起路来浑身肉颤。蒺藜狗子!胖女人叫。这陌生的字眼把它吓了一大跳,它惊恐不安地望着胖女人,听着她又说:蒺藜狗子,你耳道里塞进了牛毛了吗?那个胖男人哼了一声,说:美人鱼,又发情了是不?胖女人说:发情了又怎么样?馋死你个骚狗子。它忽然明白了,"蒺藜狗子""美人鱼",原来就是这一男一女的代号。它鄙夷地叫了一声。蒺藜狗子,你听,洋牛和中国牛叫起来一样是牛叫声。美人鱼说。废话!不是牛叫声还能是驴叫声?蒺藜狗子用一根竹片抽打着它的屁股说。噢,想跟老娘辩论?美人鱼把鱼眼翻了一下,说:外国人说起话来为什么不跟我们一个声?为什么还要请穿高跟鞋的大嫚当翻译?你还记得吧,上礼拜澳大利亚那个牛专家到县里来,坐着黑壳地鳖子车,从车里往外钻,就像大公鸡出窝,人没出头先出腚能把人笑死。跟在他后边那个大嫚,两个奶头像两个枣饽饽一样往前挺着,裙子薄得像蚊帐,里边通红的裤衩子都看得一清二楚。那个洋人咕噜咕噜说一串,那个大嫚就用中国话翻一遍——你说,为什么外国牛和中国牛叫一个声、外国人和中国人说话不一个声?说呀,不是要抬杠吗?不是要辩论吗?本事呢?那满肚子尿水呢?美人鱼的大难题把蒺藜狗子堵得张口结舌,只知道抓着脖子傻笑。这时,一只喝够了牛血的飞虻想调调口味,偷偷地落到美人鱼汗津津的腮帮子上,低头翘屁股,把针头一样的嘴扎进她的肉里。美人鱼抡起巴掌,狠狠地抽了自己一个嘴巴子。飞虻被打成一团糨糊,腮帮子上留下五个指印。蒺藜狗子乐得像孩子一样笑。美人鱼骂道:笑你娘个蛋!当心笑出你的疝气来!……

哞——哞——奶牛感情饱满地叫着,蓝眼睛里噙着泪水。白杨树下那个鸟老头开始爬树,他弓着身子,曲着趾爪,坚韧不拔地爬,不屈不挠地爬,爬到半截滑下来,滑下来再爬,终于爬进树冠里去。

它、它、它、它、它,一行五牛,在美人鱼和蒺藜狗子的打情骂俏中,被赶进了畜牧兽医站的临时饲养场,在这里它们待了三个月,受尽了人间千般苦。蒺藜狗子和美人鱼是牛场饲养员,他和她轮流值班。它从他和她的言谈话语中,知道蒺藜狗子正忙着结婚,天天东跑西颠采买家具。美人鱼的男人在县城旮旯大街里开了一家饺子铺,生意兴隆,她忙着干第二职业。

二十三号上午是美人鱼的班,可牛场里一上午没见她的影子,奶牛们在栅栏里吼叫着徘徊,一个个饿得眼里冒闪电。它不停地叫着,走着,心里充满仇恨。它和她是结了深深的冤仇的。那还是它们刚到牛场时,美人鱼想挤点牛奶开开洋荤。她的动作又笨又重,恨不得把牛奶头扯下来。它怒不可遏,冷不防给了她一蹄子,正踢在她弹性很强的肚皮上,她叫了一声娘,一屁股坐在牛粪里,捂着肚子,半天没动窝。蒺藜狗子开心地说:喝饺子汤还把你肥成这个贼样,要是喝起牛奶来,你他妈的非爆炸了内胎不可!怎么样,牛蹄卷的吃头不错吧?美人鱼呜呜地哭起来,哭着骂:蒺藜狗子,我操你亲娘,你这个薄情寡义的东西,老娘受了伤,你不但不来救,还站在一旁幸灾乐祸。蒺藜狗子走上前去扶起她来。她弯着腰追打它,打了几下,也就完了劲,骂了一顿拉倒。天近中午,它们饥饿交加,便合伙扛翻了食槽,撞断了栅栏。

下午,蒺藜狗子骑着辆浑身松动的自行车来上班,见到狼藉牛棚,便追着牛打,累得满嘴冒沫。他骑自行车走了,从旮旯大街把美人鱼揪了来。蒺藜狗子说:你看看,你看看吧,光顾了饺子铺,连班都不上。告到站长那里,罚干你半年奖金。美人鱼说:你敢!你小子的尾巴根子老娘牢牢地攥着呢,要是惹我翻了脸,连吃饭钵子也给你砸啦!蒺藜狗子于是不敢说话,嘟嘟哝哝地修栅栏。美人鱼娇滴滴地说:狗子呀,你别生气,老娘跟你闹着玩呢。今天晚上电影院里放《少林寺》,我请你去看电影。蒺藜狗子骂骂咧咧地说:弄来这五个瘟牲,快把人缠死啦。县里那些老爷们,吃鱼肉吃腻啦,还想喝他娘的牛奶。喝牛奶?让他们喝牛尿去吧!美人鱼大声说,这叫盲目进口,崇洋媚外,不看国情,违背实事求是根本原则。

这五个瘟牛,快死了利索。

死了利索?这是钱!每条牛花的钱能把每条牛用十元大票贴起来。

听说要降价处理,广告已经贴到火车站汽车站大街小巷去啦。

贴也白搭,没人要这些怪物。还不如杀了吃肉,汆丸子,剁馅子,酱、卤、红烧。

蒺藜狗子和美人鱼并肩走向远方。牛们面对着食槽中馊烂的草料,一个个摇头晃脑,心里充满悲哀……

奶牛站在蝈蝈面前,一动不动,它的四蹄已深陷进稀泥里,像栽在那里的一头石牛。鸟老头在树上活动着,惊吓得鸟鹊吱喳乱叫。奶牛脉脉含情地看着主人安详的脸,嘴动着,像要开口说话。

蒺藜狗子和美人鱼走了,你来了。

那天,你穿着一件汗渍斑驳的老土布褂子,一条蓝咔叽布裤子,赤脚穿着一双破胶鞋,一根鞋带是细麻绳,另一根鞋带是细铁丝。头发乱糟糟像一团枯草,面色灰白如一块碱地皮,眼睛很大但缺乏光彩似白天的月亮。我长鸣一声招呼着你,我一见你就觉得遇到了知音。小伙子,看来你也是个落魄的动物啊。从你那宽阔的额头和灵巧的嘴角上,看得出你十分聪颖;从你破烂的衣着看得出你混得不强;从你眼下的黑晕和眉宇间的皱纹看得出你内心痛苦睡眠不足。哞哞哞,我们是背运的倒霉鬼。你慢腾腾地对着我走过来,我从木栅栏里伸出嘴巴,你用沾着苦辣旱烟儿的手,抚摸着我的鼻梁。可怜的牛啊,看你瘦成什么样子啦!你拍着我的鼻子说,怪不得每头只要七百元。怪不得。贱钱没好货,好货不便宜啊。

你沿着栅栏徘徊着,你在沉思,打算盘。我知道对你是不敢抱什么指望了。看你那身打扮,打死你你也掏不出七百元来买走我,更甭说掏出五个七百元把我们全买走啦。但我不死心,我们不死心,我们一齐伸出头来,嗅着你身上散发出来的亲切熟悉的气息。

苍蝇和牛虻成群飞舞着,瞅着空子吮我们的血。那最狡猾的是贴着地皮飞翔、钻进我们的腿腋里的花斑虻子,那里是死角,只好由着它们咬。你还在栅栏外徘徊着,它们四个已失去对你的兴趣,走回食槽前,无可奈何地吃起变质的饲料。一只屎壳郎正在倒推着一个比它的身体还要大的粪球前进,它推呀推呀,推得粪球滴溜溜滚。我一只眼睛看着屎壳郎推粪球,一只眼看着你低头垂肩来回走。在你的身后的原野上,横贯着一道乌黑的铁路,一辆墨绿色的列车鸣笛进了站。

列车进站后约有半小时,远远地看到一个姑娘横穿过铁路直奔牛棚而来。姑娘的步幅很大,膝关节十分灵活,走起路来富有舞蹈感。

又来了一个人。我向同伙们报告着。听到我的叫声,它们抬眼看了那姑娘一眼,一个个目光冷漠。看过,又低下头,愁眉苦脸地吃草料。我叫着,我向同伴们解释着,她也许是为我们来的,她也许是我们的救星。来呀,来呀,来呀,也许她能够给我们带来福音。眼睛有微恙的同伴斜瞥了我一眼,挥尾抽打着凶恶的虻虫,轻叫了一声,好像是说:你别做美梦了。

那姑娘放下手中的旅行包,双手把着栅栏,把脑袋从栅栏缝里伸进来。她的头发长、黑、亮、不烫、不扎,飞流直下,如同潇洒的马尾巴。澳大利亚良种奶牛!我听到她兴奋地说。她把头缩回去,高声喊叫:人呢?我把头又伸出去,不看小伙看着姑娘。她穿着一条浅蓝夹白色牛仔裤,绷得圆圆的屁股上绣着一个绿色的苹果。上身穿一件半袖白色羊毛衫,胸脯别着一枚白底红字铁牌牌。脚上穿一双网球鞋。蝈蝈!是你呀!你这个家伙,我两年没见到你啦。我听到她兴奋地喊叫着。我看到她几步跳到那个面孔阴郁的小伙子面前,并伸出一只黑黝黝的手。

蝈蝈,你当时没有说话。你倒退了一步,把她的手晒在那儿。你的目光冷冷的,睐着她胸前的牌牌。你对着姑娘点点头,嘟哝了一句什么话我没有听清。你扭头就走。姑娘愣怔了一下,但马上追上你,抓住你的肩头,把你扳了个趔趄。站住!你少给我装孙子!她野乎乎地说着,双手叉着细细的腰。为什么不理我?去年寒假我托人捎信给你让你去玩,你竟敢不去,我怎么得罪你啦?她说。毛艳,你没得罪我,我混惨了,没脸见人啦。你沮丧地说。

是的,你是有点惨,看看你这身打扮。她嘲弄道,你是不是打算到饭馆去舔人家的盘子底。

我人穷志不穷!你吼叫着。

她咯咯地笑起来,笑后说:你这个笨蛋!谁穷谁狗熊。你知道现在是什么年代了?知道吗?不知道就是不知道,别倒了架子不沾肉。听我说!

她的嘴唇灵活轻巧,话儿像河水决堤,若干新名词夹杂着若干旧名词,向着若干耳朵里灌。蝈蝈的脑袋渐渐地抬起来了,双眼放出光辉,黑眉毛不停地抖动着。

毛艳很满意自己的鼓动效果,闭嘴一笑等于休息,紧接着说:你围着栅栏转来转去是不是夜里要来偷牛?蝈蝈说:我来县城卖席,看到街上有畜牧站的卖牛广告,我们家正缺耕牛,就想来拣个便宜,没想到是这些怪物。毛艳说:说你笨蛋你还委屈,这是良种奶牛,每头日产奶量三十公斤,这五头奶牛能供给一个小镇的用奶。七百元一头,跟白捡差不多。你想让它们去耕地呀?那还不如让你去生孩子。

你说得天上下小孩我也拿不出三千五百元钱。

你敢不敢和我干一场?

敢。

好,蝈蝈,咱一言为定。我实话对你说了吧,这次期终考试,我有四门功课不及格,补考一次还不及格,学校新账旧账一起算,劝我退学呢。去年,我跟几个哥们儿跑了一趟买卖,赚了八百元,旷课二十天,学校恨死我了。让我退学,正好哩,我横竖不是个念书的材料。你们家在三县交界,有那么一大片荒草甸子,正好发展畜牧业,咱俩合伙养牛吧,我的知识养牛尽够用了,不上大学当畜牧主,更棒。

但是我没有钱。

噢,噢,没有钱,银行里有钱,我姨夫是县农业银行副行长,我们去找他贷款,先把牛买过来,然后再想法赚钱。现在的钱路子多着呢,看你找不找。你不是说卖席困难吗?我读书的地区产棉花,每年都用大量苇席苫垛,你在这边设点收购,我到那边联系销路,不,我先去联系销路,联系好了你再设点收购,还要到火车站去送送礼,雇两个车皮,钻两个空子,弄个万儿八千的。

你说得太容易了。

本来就不难嘛,蝈蝈,放胆跟我干吧,你那个电子脑袋要是开动起来,成不了农民企业家才见鬼。

我要跟我爹商量商量。

商量个屁!等你商量回来,黄瓜菜都凉了。你多大啦?二十四岁,不小了,李世民二十四岁当皇帝,主持天下大事。走呀,别扯着不圆圆,拽着不长长,我是为你好呢,走,找我姨夫去。

毛艳挽着蝈蝈的胳膊,蝈蝈别别扭扭地跟着走,破胶鞋啃着毛艳的脚后跟,毛艳瞪一眼,蝈蝈吓一跳,咧嘴笑一笑,继续跟着走。蝈蝈的身体渐渐恢复自然,弯曲的腰伸直了,腿怒冲冲地向前迈,一步步都好像踩着红木地板,咚咣咚咣地响。蝈蝈的走相漂亮,比得毛艳发了黄。蝈蝈走路像豹子,毛艳走路像麻雀。他们越走越远,我闻到一股亲切的草原气息从他们走去的方向传来,我充满着幻想和希望,并把这希望和幻想传达给伙伴们,它们和着我一齐鸣叫。火车又拉笛子,笛声一过我们继续叫。毛艳的旅行包扔在栅栏外……

火车笛声又贴着白露闪闪的草尖儿,抖抖颤颤地爬过来,草尖上的水珠纷纷落地,野苜蓿在雨中开出紫色的小花,油蚂蚱从草棵里蹦到花额奶牛耳朵上,一个黑色的鸟影映在牛眼里,它用力地叫了一声。

六

……蝈蝈,你知道试管婴儿吗?又不知道,你他妈的知道什么呀,一问三不知。晚月从地平线下爬升到中天时,毛艳对我说,试管婴儿没有爹也没娘,放在玻璃管里搅和搅和就长大了。她说完就笑起来,我知道她在欺我无知,心里不由一阵阵火起。紧接着我吭哧吭哧地憋气声,她又说:我们学院里正在研究试管牛,搞了三年了,连根牛毛还没培养出来,我说你们怎么不把大象和牛杂交、把牛和兔子杂交呢?

反正我也不想学,故意跟他们捣乱……

毛艳用一根梢头带着簇绿叶的细柳条抽打着奶牛的屁股,肩上的长发像马尾一样甩动着。你要知道蝈蝈,我们今天的动作要是稍微慢一点,这五头奶牛就被那个厚嘴唇的小伙子抢去了。他那个洗得发了白的军用挎包里,装的全是票子。这小子肯定是个复员兵。现在的复员兵一个比一个邪乎,抓起钱来稳准狠,后娘打孩子,一下是一下。你干吗不吭声?她停住脚,用那根细柳条拂了一下我的鼻子,沾着牛腻味的柳叶拨弄着我的睫毛,晃花了我的眼睛。夏夜的风吹动遍地月光,沸沸扬扬掺亮了空气。疙疙瘩瘩的小径上一头挨一头排成一队牛,毛艳走在牛后,我跟着毛艳,寒冷的月光逼我抱住了肩头,牛和我们连成串,像一条瘦长的船,在宽阔的河里漂流。流呀流,仿佛流进梦里头,恍然间她成了织女我成了牛郎。哞——奶牛凄凄凉凉地叫起来,我心里打了一个抖颤——如果翻了船,不知谁是织女谁是牛郎。

连声牛叫,使我心里发慌,五千元贷款,不是闹着玩的!我觉着我简直在拿着脑袋开玩笑。牛们在歪歪斜斜地移动,不像牛啦,像妖怪。我说:毛艳,这五个大家伙,养在哪儿?用什么喂?怎样喂?怎样挤奶?挤了奶怎么卖?这些我全不知道。

不是还有我吗？我整个暑假——我不上学啦，就住在你们家了，我爸爸骂我不争气，代沟。你呀，前怕狼，后怕虎，白长了一嘴胡子。

毛艳像赶牛一样抽打着我的背，我们几步就追上了筋疲力尽的牛队。花额奶牛背上驮着毛艳的两件小行李，一个提兜一个网兜，网兜里的牙具缸子碰着小镜子，小镜子反射着月光，光影像只金蝙蝠，不时飞到路边的槐树上去。我突然想起中午时，我和她并膀走到铁路，我说：你的行李丢到牛栅栏外啦。她说：我故意放在那儿。我说：丢不了吗？她说：丢不了。我说：我去拿来吧。她说：丢不了，你不懂。

一只"刮头篦子"在草丛里叫起来，叫声扣人心弦。

蝈蝈，听说你结婚啦？她问。我羞愧地盯了她一眼，她的眼睛仰望着薄薄的月亮。

是的。

动作够麻利的。她说。不知是夸奖我还是嘲讽我。

怎么说呢？

过得还好吗？

凑合着。

有孩子吗？

有啦。

男孩？

女孩。

女孩好，像你吗？

像。

那一定很漂亮。

凑合着。

你就知道凑合，什么都是凑合。

那……不凑合又怎么办呢？

我的嗓子发哽，说话的声调都变啦。毛艳看着我说：蝈蝈，我警告你，不许你爱上我。我记着你的仇呢，你忘了没有，我让你帮我复习功课，你根本不理我。

我怎么能忘了呢？你用土坷垃差点把我打死。

毛艳响亮地笑起来。我们终于走进了草甸子，苦涩的草味儿钻满了鼻腔，奶牛们昂起头，哧哄哧哄地吹着鼻子，听起来像女人在抽泣。草甸子里的昆虫感情饱满地叫着，虫声汇成一条潺潺的河流，漫过草甸子，又折回草甸子。花额奶牛驮着行李走在最后，不时用目光明亮的眼睛瞥瞥我和毛艳。毛艳的白色半袖羊毛衫上涂上了一层浅蓝色的月光，小银牌牌在胸脯上闪闪烁烁。

前边就是我们村，我说。

我知道，你还没忘记我来告诉你"回炉"的事吧？那时候，你正患着高考综合征。

真快，一晃就是三年。我说。说着就想起了老婆孩子，悲哀和惆怅袭上来，于是无法说话。见月光下奶牛们发亮的背散进草地里去，草地里响起唰啦唰啦的吃草声。

你在想什么？她问我。我说我也不知道我在想什么。她打了一个呵欠，说：打瞌睡了，你家有地方睡吗？我说没有。她说：我睡在草地里也行，小时候爸爸打我，我跑到草地上睡过一次，早晨醒来，头发上沾着一层露水。我说：不会让你睡草地的。

我心里发沉，希望着永远走不尽这月下的草径。毛艳却轰牛上路，牛们东跑北窜，和毛艳捉迷藏。她累得气喘吁吁。我说：让它们吃一会儿吧。

我们终于把它们赶上了路，草甸子里起了微风，草梢上的月亮斑斑点点，跳动得美丽多姿。牛们喘着粗气，不时把头伸到路边草里去。走完了路，看到了雾气腾腾的村庄和乌黑油亮的白杨树。

是蛐蛐她爹吗？茧儿站在白杨树下喊。我没有答应。奶牛们自动停步，五头牛头尾相衔，像用一根铁钎子穿在了一起。茧儿从树影下走出来，高声叫着：是蛐蛐她爹吗？我说：你瞎叫唤什么？我又不聋。

蛐蛐她爹,她低低地说着,立在了我和毛艳身边,她的脸像个雪白的大南瓜,眉毛淡得如一条线。蛐蛐她爹,我在树下等了你大半夜,衣裳都让露水打湿了。我心里焦急,不往好处想,寻思着你碰上了劫路的了。蛐蛐咿呀着哭了一会,等不来你,就睡啦……她期期艾艾地说着,像个做错事情的孩子。

蛐蛐她爹就是你？你这个家伙！毛艳把对着我的脸扭一下,对着茧儿,说：你就是茧儿姐姐吧？我是蝈蝈的同学。

她叫毛艳。我说。

猫儿眼？

毛艳！是来帮我养奶牛的。

什么奶牛？

什么奶牛！在你眼前摆着呢。行了,过几天你就知道啦。我心里空虚烦恼,说,快回家收拾一下炕,让毛艳睡觉。

爹和娘也没睡,就着月光等我回来。我把牛轰进院子,就听到爹和娘一齐咳嗽着,点亮了煤油灯。

毛艳进屋吓了爹娘一跳。

我说贷款买了五头奶牛,吓得爹娘哑口无言,一齐跑到院子里看。爹娘进了屋,娘索索地抖,爹说：反了你个小杂种！这么大的事你竟敢自作主张。

我说：我二十四了，不是小孩子啦！李世民二十四岁当皇帝，管理天下大事。

哪个村的李世民？爹说，你连你爹也骗。

毛艳笑起来。

闺女，你笑什么？娘问。

大伯大娘，蝈蝈没错。毛艳说。

女儿在茧儿怀里哭了两声，茧儿拍着她的屁股说：蛐蛐不哭，蛐蛐不叫，蛐蛐她爹买回牛，一条二条三条，八条七条五条……

蝈蝈，你别把心想邪了呀！爹谆谆教诲我。

毛艳来了精神，把白天讲给我听的那些道理又叽里哇啦地讲给爹娘听。

娘说：闺女，你好像在背天书，俺听不明白。

毛艳说：您明白一点就行了。一代胜过一代，就像您这小脚，能跑过我这双大脚吗？

跑不过。娘说。

跑不过就别说话。毛艳说。

娘说：闺女，这可是在俺家呀，你扫帚捂鳖算哪一枝子的？

毛艳瞪着眼说：我要横扫一切旧思想。

黎明时分，爹说：蝈蝈，你是要这些洋牛呢还是要爹娘？

我说：牛要，爹娘也要。

爹说：留牛不留爹娘，留爹娘不留牛。

毛艳说：大伯，你们干脆分家，让蝈蝈每月付给你们养老费。

我说：分开也好。

爹说：你翅膀硬啦，不是前几年尿床那会儿啦！

我说：是你们逼得我。

蝈蝈，娘说，你娶了老婆忘了娘，老天爷不会饶过你。老天爷长着眼呢，十年前，天上落下滚地雷，劈死一个女妖精——娘顿了顿，睃了爹一眼，接着说，天老爷圣明着呢，你要是敢和爹娘分家，就让滚地雷劈了你个狗杂种。说到这里，娘的眼里射出逼人的寒光。我突然想起那个雨天，娘把脸贴在玻璃上，也用这样的目光，窥视着我和茧儿。我心中立刻堆满了愤怒和厌恶，我咬牙切齿地说：分家，分！你们的生活费我来出，只是求你们别管我。

蝈蝈！一直惊恐地站在一边听我们争吵的茧儿喊起来。蝈蝈，不能分啊，邻亲百家会笑话我们的。

毛艳说：第一个不缠脚的女人也被人笑话过，现在谁还缠脚，你缠吗嫂子？骨头全缠断了，都是甲级残废。

村子里的鸡又一次叫出一个新浪潮,外面喧嚣着生的声音。从院子里刮进来一阵腥风,耗干油的灯迫不及待地跳动几下,熄灭啦。房子里灰暗了一分钟,潮湿的、浅黄色的阳光就从门缝里挤进来。屋子里充满热嘟嘟的腥气,好像刚用开水烫过死鸡死鸭。大家都困乏地立起来,被疲倦折磨得失去精神的眼里显出惶惑不安的神情。

这是什么味道?——洋牛味!——绝对不是——像死鸡死鸭。

奶牛在院子里叫起来,牛一叫,我立刻想到若干事,分家后,人到哪里住,牛到哪儿住,锅碗瓢盆切菜刀,一样也少不了,我头昏脑涨,甚至开始后悔。我抬头寻找毛艳,她用手扇动着唇边的空气,轻蔑地笑我。我说:毛艳……她说:你害怕了?我说:不是怕……毛艳说:是胆怯!枉为了男子汉大丈夫!手里有钱,地里有无穷的草,你怕什么?茧儿可怜巴巴地对毛艳说:猫妹妹,你劝劝他,让他把牛送回去吧。

爹用手掌揉着眼说:你给我滚!牵着你的牛爹牛娘给我滚,别让这些畜生腌臜我的院子。娘说:蝈蝈呀,虎毒不食亲儿,爹娘全是为着你好,听话,把这些腥牛送回去,咱正儿八经地好好过日子。爹说:儿大不由爷,你折腾去吧,无恩无仇不结父子。

牛叫声越来越急,那股腥气也越来越浓,无孔不入地钻进屋子。毛艳恶心,伸出两个手指捏一下咽喉,捏出两个紫印子。不对呀,她说,奶牛怎么会有这种味道呢?毛艳一把拉开门,我看到她两眼发直,嘴唇发白,呆了五秒钟,退了三二步,惊叫道:蝈蝈你看那是个什么?

院子里,五头奶牛稀稀疏疏站着,一个个都像患了感冒,流着清鼻涕,低眉顺眼,垂头丧气。在牛群中,有一个似鸟非鸟似人非人的怪物在行走。他的双腿裸露,细干瘦长,皲裂着一瓦瓦黑色间白纹的鳞片。脚脖上拖着一条粗麻绳,麻绳头拖散了,染着绿色草汁,沾着一疙瘩黄泥。他的步伐类似蹒跚,更像蹦跳,好像脚下安装着两根柔软的弹簧。他的头细长,带着一些不规则的棱角,头上一根毛也没有,两只耳朵像两只晒干了的木耳,阴鸷的目光像爬行动物。他的双肩与胳膊上,对称地生着白色的与灰色的扁羽毛。前胸上的毛蓬松杂乱,肮脏不堪;有的毛根儿朝外,有的毛根儿朝里。背上的毛很少,露着人的深深的脊沟,一群群的寄生虫在脊沟里像黑蚂蚁一样蠕动着。

原来是你这个老怪物!我啐了一口,说,你会飞了吗?老妖怪,别做梦啦。

遍身羽毛的老头阴毒地看着我,忽然振动双翅,发出猫头鹰一样的叫声。他端着翅膀,沿着院墙走动。土墙上伏着一片肥胖的蜗牛,他一把把地抓起蜗牛塞进嘴里,香甜地咀嚼着,绿色的汁液从他的嘴角流出来,沿着下巴,滴落到胸前的羽毛上。

这是个什么东西?毛艳惊魂未定地捏着我的胳膊问。

没等我回答,那鸟羽老头就把双翅一抖,尖声叫道:别打我……我要飞……

随着他翅膀的抖动,一股更加浓烈的腥臭气扑过来,这已经不是屠戮鸡鸭的味道或臭鱼烂虾的味道,简直是腐尸的味道啦。毛艳掏出手绢捂住鼻子,跳到院子里。腥臭气把她的瞌睡驱赶跑了。她转到老头身后,仔细地打量着,老头又聚精会神地吃开了蜗牛,根本不理睬她。

你走吧,娘说,你把俺墙上的蜗罗牛子吃完就走吧,俺一家老小都知道你本领大,敬着你哩。

抽烟吗?爹说,爹走到院子里,用手心擦擦烟袋嘴,恭恭敬敬地托着烟袋,顶着扑鼻的腥臭,向鸟羽老头靠过去。鸟羽老头回过头来,白眼珠子翻了翻,把两个腮帮子鼓得高高的,突然喷出了几十个蜗牛壳,像冰雹一样落在爹的脸上。

腥臭气和怪叫声把茧儿怀里的蛐蛐也惊动了。她疲乏厌倦地哭起来。茧儿拍打着她说:别哭,好孩子,别哭,你看,你爹买来一群洋牛,那个长翅膀的老头也来啦。蛐蛐往院子里望了一眼,"哇"了一声,把头扎在茧儿怀里,一动也不敢动啦。

毛艳站在老头儿背后,凝神片刻,腮上泛起会意的笑容。她对着我飞了一个眼色,便鹰扑兔般往前一冲,她抓住一束羽毛,用力一拽,只听到老头像兔子一样水分充足地叫了一声:别打我……我要飞……那束羽毛,连带着一些黑乎乎的臭气熏天的东西脱落下来。毛艳笑着,叫着,前后左右跳着,向老头发起连续进攻,她的步伐灵活,像拳击又像击剑。老头哭嗥着,转着圈防卫,但无济于事。不到十分钟,他身上的羽毛就被毛艳撕扯得干干净净,显出了又脏又瘦的身体。老头像青蛙一样伏在地上,痛哭着:别打我……我要飞……别打我……我要飞……混浊的泪水沾湿了肮脏的面颊。

遍地羽毛狼藉,有一两片在轻动。我看着毛艳,毛艳看着我,又一齐看着老头,良久无言……

七

眼睛上方有两块黄色斑点的小黑狗四眼正在村子里的

草垛边与一条名叫鹞子的小公狗纠缠,忽然看到村头上电光闪闪,便撇下鹞子,踏着街上一汪汪的雨水,箭一般地飞奔回来。它跑到躺在绿草地上的蛐蛐面前,用冰凉的鼻子触着她胖乎乎的小手。蛐蛐!蛐蛐!它叫着,用牙齿咬住女孩绣着铁臂阿童木的汗衫,把她拖起来。

蛐蛐张大嘴巴,长长地打了一个呵欠,一滴口水像透明的蚕丝落到阿童木的头上。她抬起手背揉揉眼睛,摸着小黑狗的头说:四眼,狗娘养的,跑到哪儿去啦?女孩站起来,提提湿漉漉的裤子,挪动着两根藕节般的小腿,向着蝈蝈走去。爸爸,爸爸,那个火球呢?奶牛抬起头,亲切地舔着小主人。滚开,大花牛,回棚里去。四眼,把大花牛轰回棚里去。小黑狗立即执行女孩的命令,在奶牛面前跳着,汪汪地叫着。奶牛使劲扭动着腰肢,拔出深陷在泥土里的蹄子,懒洋洋地往棚里走去。

女孩蹲在蝈蝈面前,大声喊叫。蝈蝈的睫毛像燕翅一样剪动着,脸上浮起幸福的笑容。爸爸,你醒醒么!爸爸,那个火球被我踢到哪里去啦?我的裤子湿了,不是我尿的,我的腿麻。猫眼阿姨怎么还不回来?爸爸,你说呀!女孩像个小老太婆一样絮叨着,我的腿麻,爸爸,我的腿麻。她坐下去,用手指去捅蝈蝈的鼻孔……

妈妈就知道让我睡觉,白天睡了夜里睡,我不睡么,我要找小狗耍去。妈妈就说:长翅膀的老头来了,翅膀老头红眼绿指甲,见了小孩就吃。你听,老头在树上飞呢!别打我……我要飞……我问:妈妈,谁打老头啦?妈妈说:你爸爸,还有猫眼阿姨。快闭眼吧,别说话,别让老头听见……床上铺的竹芯凉席忽悠悠地飘起来,凉席托着我先是在天花板下团团转,后来,又从窗户玻璃上飞出去,玻璃好像水一样,轻轻一冲就开啦。凉席托着我在村子上空飞来飞去,白云彩红云彩绿云彩跟着我,一伸手就揪住了,云彩痛得叫妈妈。它妈妈是星星,星星挑着筐子,筐子里盛着糖、花生、布老虎。老虎呜呜哭,老虎老虎你哭什么?老虎说,下雨了,淋湿了毛。我说,老虎,你别哭啦,叫翅膀老头听到把你吃了,咯嘣咯嘣嚼骨头……我看到那个长翅膀的老头在村前一道颓墙上练飞。颓墙有一米半高,墙头上长着车前子和蒲公英,妈妈说不是蒲公英,是婆婆丁,爸爸说也是蒲公英,也是婆婆丁。墙根丛生着一窝窝酸枣棵子,红酸枣、绿酸枣,把口水都酸出来了。老头在酸枣棵子中用破砖烂瓦垒了一个台阶,踩着台阶扯着车前草他爬上墙去,腿肚子哆嗦着,张开翅膀,朝着我飞来,妈妈!我怕!老头飞不到我跟前,像石头蛋子一样头朝下栽到酸枣棵子里,酸枣针把他的头咬得淌黑血。爸爸和猫眼阿姨来了。爸爸,老头咬我,我怕!爸爸说:不怕。猫眼阿姨用照相机给老头照相,叭勾——!像放枪一样,老头吓得不会动了,抱着头哭:别打我……我要飞……阿姨说:他原来就想上天吗?那真也该打,就像打球,歪打正着。爸爸说:到底是打错了还是打对了?爸爸和阿姨走了,翅膀老头又活了,踏着砖瓦,哆哆嗦嗦爬上墙,他抖着翅,果真像老母鸡一样飞出去好远,落地时往前趔趄了几步,没有摔倒。阿姨!看啊,老头飞了!

自从那次猫眼阿姨拔光他的羽毛后,他不见了。人们都传说他去偷动物园的孔雀,进了狼笼子,被四条大灰狼吃啦。老头走后,村子里的蜗牛使劲多,所有的墙壁都变成了灰绿色,下过大雨晴了天,蜗牛的叫声好像刮风摇树叶子。猫眼阿姨向村里人宣传:蜗牛有高度营养价值!猫眼阿姨还念报纸给大家听,人们都不信,说,只有鸟毛老头才去吃蜗牛,正经人是不吃蜗牛的。还说,要是蜗牛也能吃,那么蚯蚓、苍蝇、蚂蚱、蚊子也都是高级食品。得了吧,姑娘,他们说,留着蜗牛你们去吃吧,你们喝着牛奶就着蜗牛正好对味。猫眼阿姨摊开手,笑笑,退一步劝他们用蜗牛喂鸡喂鸭。村里人听了猫眼阿姨的话,用扫帚把蜗牛从墙上扫下来,放在石槽里用大棒子捣成肉酱,拌在糠皮里喂鸡喂鸭,全村的鸡鸭全都下起了双黄蛋。他们相信了猫眼阿姨的话。但他们还是不敢吃蜗牛,只敢吃蜗牛变成的双黄蛋。村里的孩子们看到我吃盐渍油炸蜗牛,好像吃花生麻糖,馋得他们伸舌头,都伸手跟我要。芳芳的娘,艳艳的娘,俺二姑,老狗皮爷爷,都来问猫眼阿姨:姑娘,这蜗牛真能吃?猫眼阿姨把一颗蜗牛扔进嘴,带着壳就咽了。村里人都拿着盆举着碗抢蜗牛,连墙角旮旯全找遍了。等老头扎齐了毛飞回来时,他的蜗牛被吃光了。

老头这次回来,身上的羽毛老厚老厚,翅膀上的羽毛又大又干净,像大扇子一样。他到处找蜗牛,找不着了,就从腐土中掘来红的蚯蚓,哧溜哧溜吃下去,像喝面条一样。吓得村里人脊梁像棍子一样直。猫眼阿姨说:这个老东西,懂得营养学,他尽拣好东西吃,蚯蚓也是高蛋白呀。

老头看到我的凉席在他头上飞,眼珠子都气红啦,他扇着翅膀飞起来,一把抓住了我的腿。老头伸出长长的绿指甲,要挖我的眼。我吓坏了,惊叫起来……妈妈轻轻拍着我说:蛐蛐,好好睡,娘守着你哩。我从睫毛缝里看着妈妈,妈妈坐在我的床前噌棱噌棱纳鞋底子。妈妈有空就纳鞋底子,纳了一摞又一摞。爸爸去县城贸易公司联系业务了,猫眼阿姨去了特区。妈妈坐不安稳,好像被尿憋得慌。妈妈。妈妈说:蛐蛐,要尿尿吧?不,你才有尿呢。妈妈又跑出去啦,我知道她出去望爸爸。妈妈前两天老是偷偷地哭,眼皮肿得像葡萄皮。今天她穿着一件水红色的偏襟衫子,衫子的袖上补着一个补丁。衣服小,包不住胖妈妈。妈妈纳一会鞋底子,就坐在床头上,挽起裤腿子搓纳鞋底用的麻绳。她的腿又粗又白,连一根汗毛都没有——搓麻绳时绞光啦。妈妈拈着两片麻,往手心里啐一口唾沫,然后把麻按在光滑的腿上,使劲往下一搓,两片麻梢儿在她腿肚子外侧像四眼小狗一样摇着尾巴。前几天爸爸心烦地对妈妈说:你搓吧,搓吧,简直是嗜痂成癖。我问:爸爸,什么"嗜痂"?爸爸说:别乱问。爸爸从来不穿妈妈给他做的鞋,妈妈只管做,做好了就一双双摆在橱里。

　　院子里响起脚步声。一听我就知道是爸爸回来啦。妈妈撂下麻绳,放下裤腿,摇着尾巴跑出去。蛐蛐呢?爸爸问。在床上睡着哩,妈妈说。爸爸像大老猫一样朝我走过来,我把睫毛合了一下,从一线缝里觑着爸爸。爸爸下巴上的胡子刚刮过,胡楂子青白色。从他嘴里吹出一股葡萄酒的气。他的嘴唇滑溜溜,亲得我腮帮子痒痒的。我感到他把那只大手伸进我的开裆裤里,摸着我的小肚子。她没哭吗?爸爸问。

哭着要猫眼眼。妈妈说。噢,她还要等些日子才能回来。爸爸说,热水器里放水了吗?跑得满身臭汗。你不跟我一块洗吗?

在太阳能热水器那儿洗过澡的爸爸,头发又黑又亮,像老鸹毛一样。我爸爸是个英俊少年。猫眼阿姨领我看电视,电视里有个英俊少年。妈妈红着脸站在床边,她说:蛐蛐她爹,你越活越年轻。爸爸说:我们都应该越活越年轻,人老心不能老。你今天怎么穿上了这件褂子?爸爸问。蝈蝈,我不知道,我想你。脱下来吧,爸爸说,像个出土文物。今天我给你买了一件衣服。

爸爸拉开皮包,拿出一个长方形纸包,撕开纸,一抖,变出了一条苹果绿色大袍子。来吧,穿上试试,这是大号的,你穿恐怕还有点瘦,瘦点好,瘦点出线条。爸爸端着袍子往妈妈身上比量着,妈妈一小步一小步地后退,像被火烤着。她爹——别"她爹""她爹"的,我是爸爸——爸爸,她爸爸,我怎么能穿这种衣裳,穿上了怎么好意思见人,人家会指着脊梁杆子骂我呢——你怕什么?来,穿上我看看——不,不……

爸爸把袍子放在床上,用一只胳膊搂住妈妈的腰,另一只手慢慢地伸下去,解开妈妈的衣扣。她爸爸,爸爸,别这样,大白天的……妈妈呜呜地喘着气说。爸爸说:不要紧,茧儿。妈妈像只大白兔一样站在床前,她的脸和脖子像鸡冠子一样红,胸脯像牛奶一样白。妈妈双手捂住脸,那两个胖胖的奶奶轻轻地跳着,两颗红樱桃般的奶头对着我点头,我使劲地吧咂着嘴。爸爸和妈妈被我吓坏了,妈妈躲在爸爸怀里,连气都不敢出。爸爸帮妈妈穿好袍子,前后左右地打量着。妈妈真好看,绿袍托着红红的脸,妈妈变成一朵粉荷花。太好了!爸爸说。果然是人靠衣裳马靠鞍。爸爸搂住妈妈,像吃奶一样地咂妈妈的嘴。妈妈嘤嘤地哭起来。你哭什么?爸爸问。蝈蝈,好兄弟,我想生个儿子,妈妈说。爸爸慢慢地把妈妈松开,脸色变得冷冷的。你怎么又提起这话头?我们不是领了独生子女证了吗?我还想生,我知道,我不生儿子你是不会喜欢我的,生了儿子才能拴住你的心。妈妈说着,眼泪成串地往下落。别说啦!爸爸厌烦地叫一声,一甩手,走了。妈妈趴在床上,呜呜地哭起来。我吓坏了,躺在床上一动也不敢动。

我知道,我知道你为什么不要儿子,我知道……妈妈一边哭一边说,我知道我不如她俊,不如她年轻……妈妈胖胖的大白脸上挂着透明的泪珠,泪珠落到苹果绿色袍子上,嘟噜噜地往下滚。她举起一面方镜,照着自己的脸和身体,她对着镜子,用指肚抻着眼角的皮肤。一抻,皮绷紧,皱纹消失;一松,皮松弛,皱纹出现……妈妈把镜子反扣在桌子上,哭得更伤心啦,奶奶像凉粉一样颤动着。她费了很大劲才把紧绷在身上的袍子脱下来,手忙脚乱地又换上那条肥腿裤子和那件补丁褂子。妈妈不亮了,不耀眼了,妈妈像只老母鸡。

院子里又响起脚步声,我辨别出这仍然是爸爸的脚步声,他每逢心里有事时,总是用脚后跟重重地捣着地面。爸爸又带着香气进了屋。茧儿,你听我说——你怎么把裙子脱下来啦?爸爸看看妈妈身上的衣裳,说,你为什么要脱下来!你为什么总是要把自己弄得像只老母鸡一样难看?爸爸也说妈妈是只老母鸡。她爸爸我不愿穿,穿上新衣裳我的皮肉就像被火燎着。再说,咱都是结婚有孩子的人啦,只要不露着皮肉就行啦,穿好了招人笑话,妈妈说。我给你买衣服就是让你穿。留着吧,等咱的蛐蛐长大啦,让她穿。爸爸笑了一声,两个嘴角上显出两条直竖着的深皱纹。

你想得真远啊!爸爸说。他把那件袍子抓过来拎起来,摸出电子打火机,按机关,打火机蹿出一股绿色火苗。她爹!妈妈惊叫。苹果绿色袍子呼呼啦啦烧起来,爸爸的手在半空中停着,提着一盏灯笼。火苗燎着爸爸的手,发出嗞啦嗞啦的声响。袍子在火中缩小,最后变成一个大大的黑蝴蝶。几个绿色的扣子落到地板上,响着,滚着。爸爸把手轻轻一抖,黑蝴蝶飞落地。妈妈直着眼坐在床沿上，嘴半张开，肚子里呼噜呼噜地响。爸爸一句话也没说，转身走了。房子里充满怪味，我忍不住咳嗽起来。我坐起来，叫了一声："妈妈。"妈妈抬起衣袖擦了擦湿漉漉的脸，走上前来，抱起我，使劲地搂着。妈妈，我又叫。蛐蛐，好孩子，别叫"妈妈"，叫"娘"，还是叫"娘"好。孩子，你爹变质啦，你爹不像个庄稼人啦，你爹全身上下连头发梢上都是香喷喷的味儿……不，我说，不，我摇摇头。我不叫"娘"，我还是要叫"妈妈"，猫眼阿姨说叫妈妈好。妈妈还在哭，还在说：蛐蛐，你爹变心啦，他不喜欢我啦。都怨你自己，我想，爸爸刚才还搂着你亲，可你偏要生儿子。为了逗妈妈开心，我说：妈妈，爱情是碗豆腐脑，趁热吃最好；爱情是盆洗澡水，先洗脸，后洗腿。——你胡说什么，蛐蛐，是谁教你这些胡言乱语？——不是胡言乱语，这是诗，是猫眼阿姨念的——蛐蛐，往后别跟着那个……她学，跟她学不出好来。你奶奶说，半夜里飞来只猫头鹰——我奶奶瞎说！我叫嚷着。奶奶是个老妖怪。

　　……妈妈刚把我生下来，奶奶就骂我：丫头片子。她那两只绿色老猫眼盯着我，我也恶狠狠地盯着她，一出生我就和她结下了冤仇，她经常折磨我，她用冰冷的火镰磨我的嘴唇，用臭烘烘的破布擦我的牙床，还用手指捏我的小奶头。

我长到二百多天的时候,每逢妈妈不在家,她就用嘴嚼饼子喂我,饼子嚼得黏糊糊的,她用手指挑着往我嘴里抿。她的手指干燥开裂,擦着我嘴角火辣辣地痛。我的手脚被捆得绷绷紧,无法反抗,只好拼命号哭。她说:小鳖羔子,吃哭食哩,哭也得吃。黏稠的饼子进了我的气管,我嗷嗷地叫着,脸都憋紫了。爸爸回来了,说:娘,你怎么这样折腾她?奶奶怒气冲天,把我扔到炕上,骂爸爸:杂种,我怎么折腾她啦?爸爸说:没有这样喂孩子的,这样不卫生。奶奶说:什么卫生不卫生,杂种,你也是我这样喂大的。

我们和爷爷奶奶分了家,我们在白杨树下建了新房子,奶奶和爷爷住在旧房子里。爸爸让奶奶和爷爷搬到新房子里住,奶奶说:没那福气。爸爸说:这可是你说的。爸爸每月付给爷爷和奶奶二百元养老费。爷爷背着一支长苗子土枪,天天在草甸子里转悠,碰到兔子打兔子,碰到斑鸠打斑鸠,有一次还打到一匹三条腿的小猞猁,全村的孩子都跑到爷爷家去看这匹稀奇走兽。爷爷领我去钓鱼,钓了一条白鳝、一条黄鳝,白鳝黄鳝都在草地上打滚,滚了一会,就不滚了,爷爷光顾钓鱼,黄鳝被四眼叼去吃了,连骨头都吃了。我说:爷爷,把白鳝给鸟老头吃了吧,爷爷不答应。鸟老头在草上追野兔子,追过来追过去,总也追不上。奶奶每天都泡在我们的新家里,什么事都要掺和,什么事都要插嘴。我们的"五朵金花"最惹她生气,她说:这些妖怪,奶子像大水罐。猫眼阿姨挤奶时,她就站在一边说:这是奶吗?哗啦哗啦像撒尿,镇上那些喝你们奶的孩子,迟早要生出牛角来。我捧着奶瓶跑过来,嘴噙着奶头,看着白里透蓝的乳汁射进奶桶。猫眼阿姨穿着工装裤,袖子换到肘弯,双臂像白鳝一样扭着。奶牛呼哧着喘气,不时用蓝眼睛看着我们。蛐蛐,奶奶说,你别喝这些脏东西。她用手指着我的奶瓶。我说:牛奶好喝,奶奶,你想喝吗?猫眼阿姨提起奶桶,到脱脂房里去脱脂,她笑着对奶奶说:您老人家千万别喝,喝了后头上长角,身上长毛,腚上长尾巴。

奶奶越来越注意我了。只要我捧着奶瓶喝奶,她就用绿眼瞪着我。那天上午,奶奶又像只老鹰一样在我们院子里待着。爸爸在研究糖化饲料,猫眼阿姨在单杠架上拴了两根胶皮管子,训练妈妈挤牛奶。妈妈真笨,学了多少次啦,总也学不会。猫眼阿姨说:用力柔和一点,再柔和一点,不能像攥锄把子一样啊。妈妈满脸是汗,动作更加笨了。妈妈说:妹妹,还是让我干点粗活去吧,担担水,扫扫牛粪。挤牛奶也不是细活呀,猫眼阿姨擦着汗水说。我捧着奶瓶在院子里跑来跑去,前边的草场上有一只蓝色的蛱蝶在一剪一剪地飞动着。我放下奶瓶去追蛱蝶。蛱蝶飞高飞低地逗着我,最后扇动翅子上了树。我失望地跑回院子,看到奶奶仰着脖子,把我的奶瓶喝得呼呼噜噜响。放下!我喊,快放下,你把奶头给我弄脏了。奶奶翻翻白眼,骂道:小小年纪也会放屁,都是一样的嘴,怎么就弄脏啦?猫眼阿姨说:老太婆,头上长出牛角来啦。奶奶摸摸头,说:姑娘,别吓唬俺啦,这玩意儿还挺好喝。蝈蝈,往后,每天给我和你爹送两瓶过去。爸爸冷冷地说:好吧,不过,奶钱要在养老费里扣除。啊呀!奶奶大声叫起来,蝈蝈你这个杂种,娘四十八岁那年才得了你这么个老生儿子,恨不得打掉牙把你含在嘴里养着。冬天怕你冻着,夏天怕你热着,你六岁那年,还嘬着我的奶头吃奶,六年,一年三百六十五天,你给我算算这笔奶水钱是多少?你养着五头大奶牛,挤出的奶用平板车子往镇上送,连亲爹娘要瓶奶喝都扣钱……奶奶越说越感到委屈,坐在地上,捶打着地面,天呀地呀地哭起来。

奶奶的哭声引来一群人,人们咬着耳朵说话。老狗皮爷爷说我爸爸:蝈蝈,这就是你的不对啦。爸爸说:大叔,您不懂。奶奶见到人,更来了劲头,骂着:蝈蝈,悔不当初放在尿罐里淹死你个小杂种。认钱不认爹娘,天老爷饶不了你。迟早要从白杨树上落下滚地雷,劈了你这个小畜生,劈了你这瘟牛……

爸爸，你怎么还不醒？蛐蛐打着呵欠说。

八

她坐在老屋里的土炕上，愁绪满怀地纳着鞋底子。

就是在这间屋里，我给你做了老婆，蝈蝈！

就是在这间屋里，我给你生了女儿，蝈蝈！

蝈蝈，你快回心转意吧，你不回心转意我这辈子就算完啦。檐雨敲打着一个破脸盆，发出抽泣般的声响。她心烦意乱，坐立不安，已经是第三次用针锥刺破指头肚了。她把指头放在嘴里吮着，嘴里咸，鼻子酸，眼睛泪模糊。泪眼透过那块巴掌大的窗玻璃，她看到在房檐和晾衣绳之间的巨大蛛网上，粘住了一只嘴巴根子还泛着嫩黄的乳燕。小燕子死命挣扎着，恐惧地看着蹲在房檐下的那个乒乓球大小的蜘蛛。蜘蛛感觉到蛛网的强烈震动，沿着对角线爬到网中央。面对这个比自己大几倍的猎获物，蜘蛛毫不畏惧，它张开屁股上的开关，拖着黏黏的银丝，绕着小燕子爬来爬去，很快就把小燕子缠得像一只蜷曲的蚕蛹。小燕子快要窒息了，发出一声声绝望的啁啾。两只老燕子像麻雀一样噪叫着,扑棱棱地围着蛛网飞。蜘蛛慢吞吞地干着自己的事,睬都不睬它们。

她很怕那个黑乎乎的大蜘蛛,因为婆婆曾多次讲过滚地雷殛死蜘蛛精的事。怕蜘蛛,又可怜那快要被缠死的小燕子,这种矛盾心理使她暂时忘记了自己和丈夫的纠缠。后来,她大着胆子,冒雨跑到院子里,抄起一根滑溜溜的竹竿,闭着眼把蛛网搅破了。蜘蛛和燕子都落在泥水里。就在这时候,在几百米外的那棵大白杨树上,绿色和黄色的火球像穿梭一样滚动着,她双眼发直,脸白如纸,唇红如血。未及她反应过来,那一串串的火球便从树上消逝了。几十秒钟后,牛棚方向一声巨响,一道火光冲天而起,空气像汹涌的潮水一样漾过来,院子里飘着浓烈的硝烟气息。她沉思了半分钟,忽然惊叫一声,扔掉竹竿,冲出柴门,向着牛棚跑去。边跑边喊着:蛐蛐,蛐蛐,我的孩子……

她是趿拉着鞋子从屋里出来的,一出柴门,街上黏稠的泥巴就把她的鞋子脱掉了。于是她赤着脚,呱唧呱唧地踩着泥水,睁着眼,看不见路。远处的天空中闪电泼啦啦地继续燃烧,一瞬间她的眼睛漆黑发亮,一瞬间又黯淡无光。一种大祸临头般的感觉吓得她精神恍惚,她的眼前不断晃动着幻影。婆婆干瘪的脸,婆婆每每说到滚地雷殛死罪人或妖怪时那种令人毛骨悚然的语调和表情,丈夫穿西服扎领带时的潇洒神态,猫眼姑娘那一口雪白的牙齿和修长的双腿……自从她那天夜里来到我们家,我们家每天都在变,什么都变啦,丈夫,女儿。

……那天,草地上开遍金黄色苦菜花,棕色的蜥蜴在茅草缝里迅速爬动着,野兔在袅袅上升的氧气中奔跑,还有鹧鸪鸟迎着东方蓝色的太阳飞翔。一公一母是一对夫妻鹧鸪,忽高忽低,忽上忽下,背上和胸上的白色斑点像星星一样眨动着,就在它们要消融在草甸子深处的蓝天里时,一支枪口上冒出一股白烟,一只鹧鸪如一粒弹丸落了地,不知另一只鹧鸪怎么样,不知死的是公活着的是母,还是活着的是公死的是母。枪声传过来了。

丈夫穿一套大红运动服,猫眼穿一套白色运动服。春天的草地上,我的丈夫和一个大姑娘每人提一支熊猫牌羽毛球拍,欢蹦乱跳地打羽毛球。蓝晶晶的天。绿幽幽的地。红艳艳的他。白闪闪的她。心酸酸的我。

扣呀!蝈蝈,你这个臭球篓子。猫眼大声喊叫着。她把我丈夫遛得上蹿下跳,如同走狗。后来,丈夫把羽毛球正正地打在她的奶子上。十环!十环!他兴奋地叫起来,像个大孩子,女儿小蛐蛐,两边来回跑,一会儿给爸爸加油,一会儿给阿姨加油,小嗓子都喊哑了。蛐蛐摘了好多苦菜花,用遮巾兜着,跑到猫眼面前,一把把抓着苦菜花,对着猫眼头上撒。她人小力气小,扬不了那么高,猫眼双膝跪到草地上,让蛐蛐把苦菜花撒了她满头。

我孤零零地站在一边,像一棵枯朽了的树,乌鸦和麻雀在我头上吵闹着。我想趴在草地上哭一场。毛艳跑到我面前来,她那两个苹果般的小奶子,边是边棱是棱地向前挺着,我女儿撒在她头上的苦菜花一朵朵往下掉着,她鼻子尖上挂满白色的汗珠。她弯腰从我脚下拣起羽毛球,无意地看看我的脸,走了两步又回过头说:大姐,你不玩一会儿吗?你玩一会儿吧。她把手中那只球拍塞给我。她对着我的丈夫说:蝈蝈,你跟大姐打一会儿。我的丈夫不高兴地说:捣什么乱!我攥着球拍,感到半边膀子都坠垮了。好妹妹,我不会打——我来教你——我笨,学不会,你跟他玩吧——我把球拍放在地上,低头不敢看他们,转过身,扭动着身子快步走,我心里并不难过,泪水却像泉水一样咕嘟咕嘟冒出来⋯⋯

我从草地上走回家,心里说不清啥滋味,泪水一个劲地流,擦也擦不干。我感到委屈怨恨,但又不知道该恨谁。她就是比我能,就是比我"盖帽"——蛐蛐天天"盖帽""盖帽"地乱嚷——她那两个小奶子长得那么精神,我当闺女时也是膨着,她的腿那么长,屁股上的肉那么结实,难怪蝈蝈喜欢她,难怪蛐蛐也喜欢她。蛐蛐把那么一大堆苦菜花撒在她头发上,使她的脸像男孩子一样招人喜爱。她奔跑跳跃着,我女儿撒在她头上的苦菜花一朵朵往下落着,有的碰撞着她的脊背往下落,有的碰撞着她的胸脯往下落,有两朵沿着她敞开的衣领落下去,再也不见出来。我女儿围着她转,我丈夫围着她看,好像我的丈夫是她的丈夫,我的女儿是她的女儿。我嘴里发苦,我的命更苦。我两岁那年死了娘,跟着爹长大成人。嫁给了蝈蝈,我心里足得不行。我横看竖看看不够你,恨不得像抱奶娃娃一样天天抱着你。可是你一直和我隔着心。前几年你故意把自己弄得埋埋汰汰,没给我一天好气受;这几年你精神得要命,可对我越来越冷淡。我知道我不称你的心,不如你的意,可我给你生了女儿,生儿子我也能,你不要怨我,我给你洗衣做饭,也尽到了做老婆的本分啦,你不该吃着碗里的,看着碗外的……

我越想越冤屈,眼泪流干啦,眼睛里像有沙子,霍啷霍啷地响。哭也不顶事,命中没有莫强求,胡思乱想不中用。该干什么还得干什么。我扪起柳条篮子,到村里豆腐房去买豆腐,蝈蝈、蛐蛐,还有那个猫眼,全都是豆腐肚子,天天吃也不够。每逢我们四个人同桌吃饭时,我就不知道该哭还是该笑。蛐蛐总是一本正经地装大人,他和她却像两个调皮捣蛋的孩子,常常为一句一点也不好笑的话笑得弯腰喷饭。

我扛着柳条篮子进了村,大街旁边的排水沟里,全是灰绿色的蜗牛壳,几只鸡在刨着什么,弄出哗哗啦啦的响声。吃蜗牛的风气还是从我们家兴起来的,起初我哪里敢吃,看着他们吃我都恶心,后来,蛐蛐捏着我的鼻子把一个蜗牛塞到我嘴里,没用我嚼,蜗牛就化开啦,味道又鲜又美,强似活鱼嫩鸡。猫眼和蝈蝈还发明了好多种蜗牛做法,名字巧得我连说都不会说。吃了两个月蜗牛,我原来的衣服就穿不进去啦。蝈蝈让我喝凉水减肥,毛艳拉我去草地上做健美体操,弯腰撅腚的,把人都快羞死啦。村里的女人看到我,都捂着嘴笑。蝈蝈训我,看你肥成什么样子啦!我说:我愿意肥吗?他说:不愿肥为什么不练?我说:蝈蝈,就那么比画几下子能瘦了人?我心里话:蝈蝈,我知道你怎么看我都不顺眼,就变着法儿整治我。胖难道不比瘦好?

村子中间那棵白果树下,围着一群婆婆妈妈,一个同辈的媳妇叫我:茧儿嫂子,来呀。我问:干什么呀?她说:这儿有人在抽书算命,预卜吉兆。我的心动了一下,扛着篮子靠上去。白果树上挂满了破扫帚烂铁盆,好像随时都会掉下来。我挤进人圈,看到地上铺着一块两米见方的黄布,黄布上摆着一只黄铜鸟笼子,鸟笼子里养着一只黄色小鸟,小鸟在笼里跳上跳下,唧唧轻叫,鸟嘴是咖啡色的,鸟腿是淡黄色的。鸟笼子旁边,放着一排木格子,木格里放着一张张黄纸折子。守着摊儿的是一个面黄肌瘦的老头,一双黄眼珠子,很慢很阴地转着。一个中年妇女家里丢了一只羊,抽了一书,纸折子上画着一大簇青草,老头儿替她批讲说:狗三猫四,猪五羊六,靠草而去,你顺着草找去吧。女人眉开眼笑,递给老头一块钱,高高兴兴地走了。我出神地看着那只在笼子里蹦蹦跳跳的小鸟,那小鸟也不时地转过头来,用米粒大小的黑眼睛盯着我。我觉得这只小鸟认识我,它轻轻地叫着,不时吐出粉红色的舌头,它的下巴颏上,有一撮胭脂色的羽毛。大嫂,那老头说,你有心事。我摇摇头。你骗不了我,老头说,你有不高兴的事,花上一块钱,或许能找到一个趋吉避凶的方法。老头用黄金般的眼珠盯着我,小鸟也用米粒大的黑眼盯着我。我眼睛里只有老头和小鸟,旁边的老婆婆少媳妇吃屎娃娃全都退出去很远。我蹲下去,看着那只小鸟说:我抽一书。老头说:求者心中事,灵鸟早已知。他从口袋里掏出一个黄铜小铃铛,对着鸟笼晃了三下,然后拔开笼门,小鸟蹦蹦跳跳直奔木格子。在木格子前,它东瞅瞅西瞅瞅,用嘴巴叼住一个纸折,扑棱着翅膀往外拽。老头把纸折递给我。小鸟进了笼子，吃着老头赏给它的金黄小米，还时不时地对着我看。

我捧着这张发黄的纸折，迟迟不敢打开，从纸折里散发出一股发霉的味道。老头说：看看吧，看看是不是你要问的事。

我翻开纸折，看到一幅阴森森的图画：在一棵柳树下，一个长发披散的女子，手托一条白丝绦，看样子准备上吊。我的心一下子撮了起来。画旁还有两行黑字，我说：先生，请您给批讲批讲。老头瞅了一眼纸折子，念道：好鸟枝头皆朋友，一木焉能支大厦。我迷瞪着两眼看着他。老头说：可对你的心思？我头不由己地点了点。老头说：就是啦，玄机不可泄漏。我把买豆腐的钱给了老头。站起来，往外走，撞着人像撞着高粱楱子，稀里哗啦响。我一心想着那棵柳树，那个平伸出来好像专门为上吊的人提供方便的树杈子，还有那根雪白的丝绦。我踩着蜗牛壳回了家，没有心思做饭。毛艳和蝈蝈的笑声从田野里传过来。他们笑得好痛快。我说，你们笑吧。那个女人披头散发，满脸泪水。她对我说，人活百岁也是死，不如早死早托生。妹妹，别糊涂啦。死了吧，死了吧。她站在树下向我招手哩。我手脚不由己地站起来。院子里朦朦胧胧，那架单杠上生长了翠绿的枝条。好妹妹，来呀！那个女人引着我走，自古以来无数多情女子都从这条路上走啦。一了百了无牵无挂。我没有丝绦呀。那不是吗？她指着毛艳晾衣服用的尼龙绳。我把尼龙绳甩到单杠上，尼龙绳像一条河鳗鱼，闪着银子一样的光。我甩上绳子去，找来一个小方凳，踩着方凳固定好绳子，又挽了一个活扣。活扣像个圆镜子，那个女人在镜子里对我招手。我身上有一股酒糟味，熏得我头晕眼花，直想呕吐。阳光从镜子里透过来，光线里游动着一群群蜗牛。我把头伸进圈子去，刚要踢凳子，绳子秃噜一声掉在地上，好像鳗鱼脱了钩。我跳下凳子，再次把绳子拴好，把头伸进去，绳子又秃噜一声落了地。这时，草地上传来了蛐蛐的哭声。我像从噩梦中惊醒一样，看到院子里阳光灿烂，照着死蛇一样的尼龙绳子和青黝黝的单杠……

我们的奶牛忽然得了急病，起初全像醉酒一样，又跳又叫，闹过一阵后，就蔫不唧地趴在地上不起来了。蝈蝈趴在毛艳的书桌上翻书，毛艳也凑过去，那本书是暗绿色布封皮，皮上烫着金字，有两块砖头那么厚。两个人的头几乎靠在一起，毛艳光滑顺溜的长发拂着蝈蝈结实的脖子。我站在他们背后，手心里是冰冷的汗水。牛醋酮血病吗？蝈蝈疑虑地问，毛艳说：牛醋酮血病，是一种新陈代谢障碍疾病。我们太娇惯它们了。应该让它们吃粗茶淡饭,应该每天都让它们去草甸子里吃草散步。蝈蝈赞同地点点头。他从药箱里拿出不锈钢针管,吸足了透明的药水,给奶牛注到脖子上。

奶牛们很快恢复了健康。阳光下的草甸子。毛艳说:多美呀。她跑回自己的屋子。回来时,她的脖子上挂着一个方方的小机器。说:蝈蝈,蛐蛐,大姐,来,我给你们"咔嚓"一张。照相机!蛐蛐欢叫着,五岁多点的孩伢子,竟然认识照相机。毛艳把我丈夫拉到我身边,把我女儿拉到我丈夫和我之间,女儿抱住爸爸的腿,像狸猫上树一样,一直爬到爸爸的脖子上,双手揪着爸爸的耳朵,像骑着一匹马。靠近点,蝈蝈,搂住大姐的腰!毛艳喊着。蝈蝈冷漠的胳膊搭在我腰间,我浑身一阵战栗,乳房上爆起一层鸡皮疙瘩。大姐,抬起头来呀,好,笑一笑,使劲笑,从心里往外笑,不要皮笑肉不笑。蝈蝈烦躁地说:行啦,小姐,咔嚓了就行啦。他的手滑到了我的胯骨上,没有一点热情,好像他不是搂着他的老婆而是搂着一根电线杆子。我从心里漾出苦滋味。毛艳让我笑,于是我就笑,我知道我笑得比哭还要难看。毛艳单膝跪在地上,照相机阴森森的眼睛瞪着我们,机器咔嚓一声响,我感到胸口上像被打了一枪。毛艳又给蝈蝈和蛐蛐照。她让蛐蛐骑上牛背,让蝈蝈躺在草地上,嘴里还叼着一朵金黄色的苦菜花。蝈蝈也给毛艳照。毛艳趴在草地上,双肘支地,双手捧腮,圆圆的眼睛被挤成两钩弯月。蚰蚰站在爸爸背后,喊叫:猫眼阿姨,笑一笑!毛艳咧开嘴,白牙齿在阳光下像玉片一样闪烁,黑黝黝的脸上满是黄灿灿的阳光和从皮里肉里渗出来的笑容。咔嚓!我感到又挨了一枪,前后腔透了气。毛艳打了一个滚跳起来,抱住我的女儿,拉住我的丈夫,说:我们三个照一张。她拿着照相机跑到我面前,说:大姐,帮我按下快门。我不会,我不会呀!我把双手藏在背后,连连倒退着。不难,非常简单,让我两分钟教会你。她连珠般地说了一通话,把照相机递给我,就跑回去摆姿势了。我也是单膝跪在草地上,两只手像筛糠一样哆嗦。我低下头,看着方方正正的取景框。框里出现了湛蓝的天空,一朵白云在懒洋洋地飘动;框里出现了辽阔的草甸子,白云挂在一片青草梢上。我移动着镜头,终于从蓝天白云之间找到了他们。我的心在一瞬间停止了跳动,一股热辣辣的液体把我的嗓子堵住了。在小小的方玻璃上,他们的头像指甲盖那么大,眼睛像半粒火柴头。我的女儿紧紧地搂着毛艳的脖子,还不时翘起粉嘟嘟的小嘴去亲她的黑脸。我的丈夫歪着头,看着我的女儿和毛艳,他是那么专注,嘴微微张开,那个轻易不给我看的大酒窝也显了出来。他和她不断地交换着眼色,好像进行着亲密的谈话。他的头发蓬松着,似乎刷上了一层金粉;他的耳朵比脸还白,耳垂又大又柔软。那双嘴唇,那双曾经发疯般地亲过我的嘴唇现在正对着黑姑娘微微张开。啪哒!一滴水珠落在取景框里,画面变得一团模糊。我把照相机扔在地上,掩着脸跑回家……

自打照相那天后,蝈蝈一直不理我,夜里睡觉时离着我远远的,我只要动动他,他就唉声叹气,吓得我赶紧缩回手。茧儿呀茧儿,这样下去,你痛苦我也痛苦。蝈蝈,好弟弟,是我不对,往后我一定改,我好好跟着你们学。我不顾一切地把他拉到我着火般的怀里。他叹了一口气,慢慢地接受了我的热情。茧儿,他说,从明天起,你什么活儿都不要干了,专门学文化,豁上三年时间。你起码要有小学文化程度呀。我说:蝈蝈,我都三十岁啦,只怕你白操了心,我没有识字的天分。不对,只要有信心,只要能坚持,没有学不会的事情。那,我就试试嘛……

第二天早晨,他竟然温柔体贴地帮我梳头,给我洗脸,还涂了我满脸珍珠霜。我被他弄得魄儿都荡起来,软绵绵地由他摆布着。吃过早饭,他在一块石板上写了十个大字,带着我翻来覆去地念。他让我把每个字抄写五十遍。他说:我去镇上送奶了,回来检查你的作业。

人、手、口、马、羊、牛……我念叨着,心里却想着夜里的事,他从来没有这样温柔地对待过我。我拿起铅笔,横竖不得劲,比绣花针还难捏啊!蝈蝈,我不是干这个的材料呀!我听你的话,好好照顾你不就行了吗?何必要学这些字呢?我想,他也不过是逗着我玩玩罢啦,只要对他百依百顺,不管他和毛艳的事,他就会对我好的。我放下沉重的笔,走到窗前往外望。女儿和猫眼正在廊檐下学跳什么舞,录音机里放着使人心里发痒的曲子。我拉开抽屉,找出一块雪白的布,蝈蝈,我的亲男人,让我给你绣双花鞋垫吧,我给你左脚绣上蝴蝶牡丹,右脚绣上金鱼莲花。老天保佑你步步踩鸿运。

没想到啊,他竟然发了那么大的火。他用鸡毛掸子把我的手抽肿了。朽木不可雕,粪土之墙不可杇!他恼怒地说。我满眼是泪,把那两只已经描好花样子的鞋垫捧到他面前,战战兢兢地说:她爸爸,我给你绣双鞋垫子……他一把夺过鞋垫子,冷笑一声,捞过剪刀,咔嚓咔嚓,把鞋垫子铰成碎片。他的脸铁青色,说:快把作业完成。我拿起笔,手肿得像小蛤蟆,铅笔掉在地上,尖儿折了。我弯腰拾笔,看到遍地碎布片,像风雨打落的白花瓣。蝈蝈,我哭着说,你饶了我吧,我给你当牛当马都行,只是别让我学字……

九

老夫妇相跟着,一步一滑地向白杨树下走。老太婆咕咕噜噜地祷告着,诉说着:蝈蝈,我的儿,娘不该用滚地雷来咒你,咒过来咒过去,老天爷当了真,当真打了滚地雷,你要有个三长两短,娘靠哪个来养活……远处传来儿媳妇悠扬的哭声。一群绿色的乌鸦在他们头上哇哇地叫着,乌鸦群里有一只非常漂亮的鹧鸪,凄凄凉凉地学乌鸦啼,声音如箭羽,直射老头儿心窝。他站住了,目光凝滞,似有所悟。很远的地平线下,还有无声的血色闪电,老头望着那儿,目光游离。走呀,老头子,蝈蝈怕被滚地雷殛倒了。老头却掉转身,朝着来路走去。于是,老太婆向前走,老头儿向后走——反过来说也一样,两人背道而走,各想各的心事……

爹呀,娘呀,他……他要和我离婚。茧儿跪在公公和婆婆面前,断断续续地哭诉着:自从猫眼进了家门,他就一天天地变了,一直变到这一步……爹,娘,你们可要为儿媳做主呀,要打要骂由着他,他愿意和猫眼相好我也不管,只是别让他休了我,被休的女人不算个人……

杂种,反了!公公说,离婚,狗小子,这不是成心给祖宗丢脸吗?

蛐蛐她娘,婆婆说,你甭哭,有我给你做主呢,结发的夫妻,生死的冤家,一根绳上拴着的蚂蚱,跑不了你就跑不了他。我和你爹这就去找他。

那是个大晴天的晌午头,草甸子里热浪滚滚,白杨树上蝉鸣如雨。一只又脏又臭的大鸟在白杨树前爬上飞下,时而像只瘟猫,时而像团阴影。老太婆拉着老头去找儿子算账。牛棚里没有人,各个房间也都关门挂锁。一定是让那个女妖精勾走啦。老太太说着,打着眼罩往草甸子里瞭望。草甸子里斑斑点点是耀眼的阳光,通到苇田去的那条小路像一根焦干的丝瓜。路上飘着一朵红云,一朵白云,红云背上还驮着一朵小小斑马云。他们在那儿!老太婆说,果然是被狐狸精勾去啦。她一来我就看出她不是正道人,跟村西头遭雷殛那个骚婆子是一路货。老太婆忽然怒气冲天,眼睛瞪着老头子,说:根歪苗难正,有骚爹就有骚儿子!老头说:你还有完没有,多少年的陈茄子烂芝麻又抖搂出来。老太婆冤屈地说:伤心的事永世难忘,那时,你一心迷着她,心里哪有我?一年三百六十天,你有二百天睡在她家,在她家里你有说有笑,回家就哭丧着个倭瓜脸,好像欠你两吊钱!——后来,我不是再也不去了吗？不是正儿八经地跟你过日子,很快就生了蝈蝈吗？——那是老天长眼,滚地雷殛死了骚狐狸,你心里害怕遭天谴才回到我身边,要不是天开眼,我这下半辈子还得当活寡妇……老太婆的埋怨话像一条污水河,源源不断地往外流。老头愤愤地转回身,一言不发地走了。他爹,你不管了吗？你就由着他拈花惹草伤天害理？你不管我管,我知道你心里有病腰杆子不硬,没准还眷念着你的老相好,想去吧。

她气喘吁吁追着那三朵云,三朵云隐没在芦苇地里。老太太也追进了芦苇地。前几天刚下了一场大暴雨,芦苇长得青翠欲滴。她沿着依稀的路径向深处走去。芦苇丛中一阵骚动,老太婆低头一看,发现一只青灰色的小狐狸正坐在苇丛中望着她。狐狸的皮毛光滑,圆圆的眼睛上生着两撮白毛。它的眼睛像电光,下巴咧开,露出几颗雪白的牙齿。老太太浑身麻木,如同触电,瞳孔扩大,面前一片迷蒙。她嗫嚅着:仙家,仙家……

等她恢复神志时,狐狸已经走啦。她一时也糊涂了,不知是真碰上狐狸还是假碰上狐狸。她穿过茂密潮湿的苇地,爬到一道颇平的土堰上,面前出现一大湾平静的绿水。浅水处生着稀稀落落的芦苇和一簇簇的蒲草,一只紫红色的大蜻蜓点着水面在芦苇中穿行。堰上没有人影。老太太惊恐不安地喊着：蝈蝈！蝈蝈！奶奶，你叫什么？老太婆一回头，看到孙女正在叫她。女孩坐在堰边一棵柳树下，身穿一件白道道蓝道道的小裙子。柳树干上生着红胡须一样的水根。女孩捧着一本连环画，四眼小狗平伸着两只前爪，趴在女孩面前，一动不动地注视着湖水。

蛐蛐，你爹呢？老太婆恶狠狠地问。我爸爸和猫眼阿姨下湖游泳了。天哪！老太婆绝望地叫着，天！她举起手罩在眼上遮住阳光，向明晃晃的水荡里望去。远远的水里有一片野生的莲花，一枝枝白莲高高地挺出水面，一白一黑两个几乎是赤身裸体的人正在白莲周围追逐着，溅起的水花很高，但一点声音也没有。老太婆嘴唇嗫嚅着，嗓子里叽里咕噜响，好像在念着降妖避邪的咒语。

蝈蝈和毛艳在湖水中畅游着，一只孤独的大鸟单腿独立在湖心的泥渚上，歪着脑袋看着他们。它体长两米，遍身洁白的羽毛，一只长长的大嘴连脖子都坠弯了，下颌上那个粉红色的大皮囊不停地抖颤着。

大鸟注视着湖水，在它的眼里，那两个人就像两条大鱼。一条大鲢鱼，一条大乌鱼。

蝈蝈，会蛙泳吗？

当然会。

大鸟看到那个男人笨拙地模仿着青蛙游动的姿势。

笨蛋,这是狗刨,不是蛙泳。看我给你示范。

大鸟看到女人冲到前边去,身体摆平浮上水面,收腿——划水——蹬夹腿,红色的游泳衣在水中闪闪烁烁。她游得实在是完美无缺。大鸟惊愕地看着这个姑娘。这时候,她仰面朝天躺在水面,四肢一动不动,好像她的身体是用软木做的。

蝈蝈,你还差得远,你离一个农民企业家的气魄还差得远。

姑娘闭着眼睛说。她的线条优美的身体在水面上起起伏伏,湖水忽而漫过她高耸的胸脯,忽而又把胸脯露出来。蝈蝈在她身边慢慢地游动着,几次把嘴张开好像要说话,但又困难地闭上。后来,他猛地向前划动几下,紧贴着姑娘的身体,气喘吁吁地说:毛艳,我……毛艳睁开眼看看他激动不安的面孔,微微一笑,用手掌撩起一股清水,清水直奔蝈蝈的鼻子和嘴巴。她身体一翻,屁股一撅,钻入了湖水,过了约有两分钟,她从离蝈蝈几十米远的地方钻出来。

真不要脸啦,真不要脸啦,老太婆唠叨着,把目光从湖水中收回来,那些裸露的大腿和臂膀仿佛还在眼前晃动。不知为什么,她觉得在湖水中游动着的就是那个青灰色的小狐狸,她和它的眼睛都是又圆又黑,皮毛又明亮又光滑,牙齿又白又尖利。她来无影去无踪,神通广大,天上的事知道一半,地上的事全知道,不是狐狸精是什么?她感到害怕,忧虑,担心着儿子的命运。

连孩子都不管啦,孽障啊!也不怕孩子滚到湖里淹死。——没事。女孩举起手说,你看,爸爸和阿姨把我拴到树上啦。女孩的手腕子上拴着一根细绳,细绳的另一端拴在柳树上。爸爸让我看小人书。还有阿姨的小收音机。还有小狗。阿姨说,要是玩够了,你就大声哭。

你这个小傻瓜,老太婆说,你爹不要你娘啦,你爹被狐狸精迷住啦。

十

花额奶牛站在棚子边上,枯燥无味地回嚼着从百叶胃中返上来的草,眼睛悲哀地注视着白杨树下的草地。

蛐蛐,我的孩子,你醒醒呀你醒醒……

蝈蝈,我的儿,都是那个狐狸精勾引你丧了天良遭天谴呀……

在两个妇人唱歌般的哭声中,太阳从重云背后滑到西边天际。这时,突然刮来一阵强有力的西北风,云层破裂,太阳钻出来,光芒四射地挂在西半天上。阳光把乌云边缘镶上金边,也把草甸子染成金黄,草叶上的水珠儿闪烁着紫色或是红色的光晕。

花额枯燥无味地咀嚼着,当它偶尔侧目东望时,马上把满口草丝咽到胃里:东边的天际上,一眨眼工夫竟跳出了一条跨越万里恢宏壮美的彩虹,光艳照眼,犹如天桥。颜色是内紫外红,紫与红中夹着浓艳欲滴的翠绿。几乎与此同时,在这道彩虹的上方不远处,又生成一道颜色较黯淡的副虹。副虹的色序是内红外紫,好像一个人和他的倒影。奶牛急促地喘息着,眼里闪着惊惶不安的光。过了约有两分钟,在第一道虹的内侧,突然又跃出一条虹,这条虹比较狭窄;紧接着又出现第四道虹,它的宽度只有第一道虹的三分之一。三虹和四虹颜色更加黯淡,紫色和绿色几乎难以辨别,只有深红的色彩还比较醒目。

四道彩虹飞挂天际,草甸子里顿时五彩缤纷。一草一木都空前的美丽,天地间寂然无声。少妇和老太婆抬起头,怔怔地望着奇谲的天空,脸上都是一道红一道绿,眼色像春天的鸢尾花。女孩跳起来,搓搓眼,迷惘地望望彩虹,便咯咯咯地笑起来,她把双手卷成圆桶,罩到眼上,嘴里咔嚓咔嚓地叫着。爸爸,你还不醒呀,天上架起大花桥。女孩喊着叫着,精神亢奋,她把脚后跟翘起来,试探着用脚尖走路,起初走两步就得落脚,一会儿工夫,竟然能弓着脚背走上五六步了。女孩变得忽高忽低,地上晃着她倏长倏短的影子。老太婆嗳嗳着:天天天,连这个小东西也中了魔怔啦。

蓝色的硝烟飘遍村庄,村子里很快传遍了蝈蝈遭雷殛的消息,人们从屋子里跑出来,呼吸着雨后的湿润空气,一个个神色悒郁,脚下刮着小旋风,一窝蜂般拥到白杨树下。人们围成一个圆圈,七嘴八舌地议论着。

女孩还在草场上练习脚尖舞,一边练一边喊:爸爸,快来看呀,我也会用脚尖走路了。一群孩子跑过去,也围成一个圆圈,睁着大大小小的眼,看着女孩练。女孩说:来呀,你们也来呀。一个小男孩子用胳膊擦擦鼻子,跳进了圆圈,刚立起脚走了一步就摔了个嘴啃泥。孩子们一齐张开嘴笑。女孩说:来呀。于是一齐喊叫着,挤成一团又散开,散开又聚拢,女孩是中心,女孩是他们的样板,好大一块草地上,密密麻麻地留下了他们用脚尖点出来的小坑。

蝈蝈平静地躺着,打着轻微的呼噜。围观的人有的主张把他抬回屋去,有的反对把他抬回屋。在乱纷纷的争吵声中,透出老太婆疲乏的哭声。正在相持不下的时候,半空中响起了翅羽搏击空气的声音,一团黑乎乎的东西从半空中砸下来。众人齐闭了口,把眼看到落进人圈里的那个怪物上。立刻又响起一片紧张松弛后的吐气声。原来是你这个老疯子!也有人叫他老鸟、老妖怪。鸟羽老头的身体把泥地砸出一个鲜明的印儿,头上沾了一层黄泥,脸上有好几道干痂的血迹。他的羽毛凌乱不堪,大毛支棱着,小毛沾满泥,湿漉漉地沾在身上,十个手指头蜷曲着,像老鹰的勾勾爪。好一会儿,他才慢慢蠕动起来,转动着两只青蓝色的眼,细长脖颈上那两根大动脉一鼓一鼓地跳着。一个年轻汉子不轻不重地踢了他一脚,说:老鸟,你怎么还不死呢?活着让人寒心。鸟羽老头挨了踢,身子猛然缩得很小,嘴巴一阵痉挛,发出非人非兽的叫声:乜塔乌乌乌凹灰……乜塔乌乌乌凹灰……鸟羽老头叫着,张着黑洞洞的嘴,嘴里一颗牙也没有了。他原来有牙吗?不知是谁小声地像是问别人又像是自言自语,于是众人一齐用力回忆,一个个变得像安静的植物。

草甸子深处传来摩托的轰鸣,大家蓦然苏醒,目光循着车声望去。从那条彩虹阳光辉映着的、两边如茵绿草拥抱着的、弯弯曲曲的褐色小路上,驰来一辆天蓝色摩托车,车轮飞旋,把一块块泥土像弹片一样甩出去。车近了,众人见骑车人戴着巴掌大的变色眼镜,头上系一条鲜艳的红头巾,车飞头巾飘,好像火把在燃烧。

猫眼阿姨!你可回来啦!女孩迎着摩托车跑过去,她的鞋上沾满了泥。阿姨,给我买魔方了吗?爸爸被火球炸翻了。

摩托车紧挨着人群熄了火,空气中弥漫着香喷喷的汽油味。毛艳摘下变色镜,挂在敞开的衣领上,牵着女孩的手走进人圈。她跪在蝈蝈面前,伸出一个指头戳着他的上唇。蝈蝈长长地舒出一口气,睁开眼睛对着她会意地笑了笑,便折身坐起来。怎么啦,你?毛艳问。蝈蝈揉揉后脑勺子,站起来,活动着腰、腿、胳膊。他诧异地看着众乡亲,猛然醒悟说:噢——!你们是为它来的,都看到了吗?真是奇特极了,漂亮极了,我原先以为是人们瞎传说,今日才知道是真的。

众人都莫名其妙地望着他。

毛艳,我看到了球状闪电!还有蛐蛐,蛐蛐还踢了闪电一脚,像踢球一样。你怎么还愣着?就是那可能由等离子体聚集而成,具有重大研究价值的球状闪电呀。你不信,问问蛐蛐。蛐蛐!

蛐蛐从毛艳身后转出来,说:爸爸,我会跳脚尖舞,你看。她把双脚突然立起,身体增高了许多,胳膊平伸着,像大鸟的翅膀,脚尖鸡啄米般点着地,前进又后退,后退又前进,如同鸟在天上飞,如同鱼在水中游。

第二天中午饭后,乌云又从东南方向漫上来,云层中电光闪闪,奶牛棚前聚着一大群披蓑戴笠手擎避雷器的人。女孩带着十几个孩子手扶墙壁练习用脚尖走路——几个月后,一位悒郁的青年小说家偶尔涉足这个小村庄时,发现村里孩子的鞋头上都缝着一层厚厚的胶皮或旧轮胎,这奇怪的现象引起了他很大的兴趣。他问了几个成年人,有的淡漠地摇头,有的微笑不答。后来,他碰到一个女孩,女孩脸上的肌肉一疙瘩一疙瘩的,眼睛深邃得像两泓湖水,整个面部显出一种神秘莫测的风采。青年小说家蹲下身,问:小妹妹,你们的鞋子是怎么搞的?女孩看着他卡腰葫芦一样饱满光滑的额头和某种森林之兽一样的眼睛,突然笑着唱起来:别打我……我要飞……别打我……我要飞……青年小说家大惑不解地站起来,看着女孩像鸟儿一样飞去了——蝈蝈托着一块秒表,聚精会神,连大气都不敢出;毛艳端着一架照相机,聚精会神,嘴里吹出鸟的叫声。

天　才

蒋大志少时,被村里的尊长、学校里的老师公认为最聪明的孩子。他生着一颗圆溜溜的脑袋,两只漆黑发亮的眼睛,一看模样就知道是个天才。那时候,老师夸奖他,女同学喜欢他,我们——他的男同学,总感到他别扭,总是莫名其妙地恨他——现在,我们知道了那种不健康的感情是嫉妒。老师常常骂我们的脑袋是死榆木疙瘩,利斧劈不开一条缝,要我们向蒋大志学习。我们的一位叫"花猪"的同学反驳老师:蒋大志的脑袋跟我们的脑袋不一样,让我们怎么学?难道让爹娘重新回我们一次炉吗?"花猪"的话把那位外号"狼"的老师逗笑了。"狼"看看蒋大志那颗在一片脑袋中出类拔萃的脑袋,叹一口气,说:是不能学了,你们也无法回炉——出窑的砖,定型了。我们回家把"狼"的话向家长转述了,家长们也只好叹息。

　　从此以后,"狼"便把大部分精力倾注到蒋大志身上,对我们这些蠢材放任自流。蒋大志也不辜负"狼"的期望,先是在地区小学生作文比赛中获得一等奖,继而又写了一篇题为《地球是颗大西瓜》的科幻文章,在《小学生科技报》发表了。这件事引起了很大的轰动,成了村里人半个月内的主要话题。蒋大志的爹蒋四亭也兴奋得要命,逢人说不上三句话就扯出儿子的话头来。后来,人们一见他的面,索性劈头便说:老蒋,你这个儿子是怎么做出来的?把秘诀传传,我们也去做个天才。老蒋听不出人们话语中的讥讽之意,反而十分认真地说:哪里有什么秘诀?一样的父精母血,一样的炕东头滚到炕西头,要说有什么,就是这孩子生下来就睁着眼。老蒋还说,如果吃得好一点,蒋大志还要聪明。听话的人说:老蒋,别让你儿子再聪明了,他要再聪明俺那些孩子就该掐死了。

　　我明白了蒋大志的聪明与他那颗大脑袋有关后,就开始酝酿一个阴谋。"花猪"是主要的策划者。我们的目的是打坏蒋大志的脑袋,但又不能被"狼"发现。有人提议夜晚把他骗出来,从后脑勺上给他一闷棍;有人提议放学后躲到胡同里,当面给他一砖头。这些办法都被"花猪"否定了,说这样搞非倒大霉不行。"花猪"想了个办法:拉蒋大志打篮球,用篮球砸他的后脑勺,第一是不破皮不出血,"狼"抓不到把柄;第二可以把事情解释成传球失误。这办法赢得了我们的一致喝彩。我们说:"花猪"你才是真天才呢,蒋大志会写几篇破作文算什么天才?

有一天上体育课,"狼"照老例给我们一个篮球,让我们到球场上去胡闹。球场上坑坑洼洼,碎砖烂瓦到处可见,球场边上有一棵槐树,树干上绑一个铁圈,就算篮筐。女生们在一起玩跳绳、跳方、踢毽子,男生在一起抢篮球,嗷嗷叫着跑了一阵子,"花猪"挤挤眼,我们会意,故意拥挤在一起,把蒋大志推来搡去,先把他搞得晕头转向,然后,不知是谁冷不防扬起两把浮土,大喊着:地雷爆炸了。浮土迷了许多人的眼,当然蒋大志的眼迷得最厉害。我看到篮球传到"花猪"手里,他双手抱球,举到头上,铆足了劲,对着蒋大志的后脑勺子砸过去。砰!篮球反弹回去,蒋大志就地转圆圈。我们叫着追篮球去了。蒋大志一个人站在那儿哭。

事后,大家都担心蒋大志向"狼"报告。"花猪"跟我们几个骨干分子订立了攻守同盟。我们等待着"狼"的惩罚,每天上课时都提心吊胆。但什么事也没有发生。我们继续蠢笨,蒋大志继续聪明。

几年之后,我们毕了业,很自然地回家种庄稼做农民,只有蒋大志一个人考到县一中去继续念书。我们与蒋大志拉开了距离,那种莫名其妙地恨人家的感觉无形中消逝了。当我们趁着凌晨水清去河里挑水时,经常能碰到蒋大志背着书包、口粮匆匆往学校赶。我们很恭敬地问候他,他也很礼貌地回答。我记得那时他的脸很苍白,神情很悒郁,走起路来飘飘的,好像脚下没有根基。

又过了几年,听说他考上了大学,而且还是很名牌的大学。我们听到这消息,一点儿也不感到吃惊。我们感到这是应该发生的事情,蒋大志有那么大、那么圆的脑袋,他不去上大学,这个世界上谁还配上大学呢?

好像是在一个阴雨连绵的夏季,我、"花猪"等人在河堤上守护堤坝。河里水很大,淹没了桥梁,但决堤的危险是不存在的,所以我们坐在河堤上下五子棋玩。蒋大志的爹找到我们,说蒋大志放暑假回来了,被河水隔在了对岸,刚才乡政府摇电话过来,让我们绑几个葫芦渡他过来。我们很爽快地答应了。

渡他过河后,他穿着一条裤头站在河堤上发抖,周身的皮肤土黄色,一身骨头,显得那头更大。我们不约而同地想起在篮球场上算计他的事,都觉得心里愧愧的。

"花猪"说:兄弟,当年我打了你一球,原想把你的天才打掉哩。

他笑着说:真要感谢你那一球呢,你那一球把我打成天才了。

"花猪"问:哪有这样的事?

他说:你们等着看吧。

我问:兄弟,你在大学里学什么呢?

他说:大学里学不到什么,我正准备退学呢!

我说:使不得。兄弟,你是咱村多少年来第一个大学生,大家都盼着你成大气候呢。你成了大气候,我们这些同学也跟着沾光。

他摇摇头,显然是走神了。

我们听到蒋大志退学回家的消息,都大吃了一惊。多少人想上大学去不了啊!吃惊之后,我们也感到惋惜,像我们这些蠢猪笨驴,在庄户地里翻土倒粪,原是生就的骨头长就的肉,命定了。但你蒋大志长了颗那样的脑袋,在庄户地里不是白白糟蹋了吗?我找到几个当年合谋陷害蒋大志的同学,想一起去劝劝他。我们想,书念多了的人,有时也会犯糊涂,他哪里知道庄户地里的厉害?要是真有十八层地狱,庄户地里就是第十八层了!权贵人家的狗,也比我们活得舒坦。

我们推开他家的栅栏门,一条尖耳朵的小黄狗摇着尾巴欢迎我们。他家的四间瓦屋还算敞亮，满院子向日葵开得正热闹。我们才要喊，他的爹已经出来了。他压低了嗓门问：你们有什么事？

"花猪"说：听说大志兄弟退了大学，我们想来劝他，让他别犯糊涂。

他爹摇摇头，说：我和他娘把嘴唇都磨薄了！这孩子，从小主意大，认准了理儿，十头老牛也拉不回转。

我说：我们不忍心看着他这样把自己的前程糟蹋了，劝劝，兴许劝回了头。

他爹说：各位大侄子，不必费心了，任由着他折腾去吧。

"花猪"说：不行，我们不能眼瞅着他把自己毁了。咱这个穷村子，五辈子就出了这么个大学生。

我们正吵嚷着，蒋大志从屋里出来了。他弓着腰，脸色蜡黄，一副大病缠身的样子。他摘下眼镜，在衣襟上擦擦，戴上，对我们说：

各位老同学，你们的话，我都听到了。

我们刚要劝说，他伸出一只手，举起来，晃晃，说：老同学们，你们知道唐山大地震吧？

"花猪"说：怎么能不知道！唐山地震那会儿，俺家的房梁还咯嘣响呢。

他问:你知道唐山地震死了多少人吗?

我们不知道。

他说:唐山地震死了二十四万人。这还算少的呢,一五五六年陕西大地震,死了八十三万人。还有日本大地震,智利大地震,死人都在十万以上。

我们说:我们想来劝你回去念大学哩,你给我们说地震干什么?

他说:老同学们,你们不知道,我们这个地区,处在地震活跃带上,随时都有可能爆发大地震。

"花猪"说:那你更不应该回来了。真要来了地震,砸死俺这样的,给国家省粮食,减人口,死一个少一个,砸死你可不得了,你是有用的人,不能死。

他说:老同学,要是家乡的人都砸死,我当了国家主席又有什么意思?我退学回来,就是为了研究地震预报。

我说:这事儿国家还能不搞?

他摇摇头,说:我去参观过他们的设施,那些东西,根本不灵。当然,更落后的,还是他们的观念。他们的地震理论的大前提是根本错误的,所以,他们研究手段愈先进,他们背离真理就愈远。这与"南辕北辙"是一个道理。

我们迷茫地看着他。

他很无奈地说：我看出来了，我说的话，你们既不相信，也不明白。他指指自己的脑袋，说：你们不相信我，总该相信它吧！

他的衣襟上沾满了红蓝墨水，他的脑袋上，似乎冒着缭绕的白气，那不是仙气又是什么？我们心中的敬畏油然而生，嘟嘟哝哝地说着：兄弟，我们相信你，你研究吧，有什么活儿要干，就跟我们打个招呼。我们倒退着离开他的家门。

河边的沙地上，种着一望无际的碧绿的西瓜。这是鲁迅先生用过的句子，我们在小学生语文课本上读到过的。瓜田有张三家的，有李四家的——几乎家家都有一块。我们这地方的土质最适合种西瓜。这里的西瓜个大皮薄，脆沙瓤儿，屈指一弹，便能爆裂。家家的瓜田里，都有一个瓜棚，远看像一座座碉堡。蒋大志退学之后，在家猫了一冬，我们不敢去打扰他，见面问他爹，他爹说他没日没夜地写、画。我们问他写什么？画什么？他爹说写一些弯弯曲曲的外国字，画一些奇形怪状的科学画。这小子，他爹不无自豪地说，没有干不成的事，这小子，没准真能下出个金蛋呢。

开春之后，我们有一半时间泡在西瓜地里，眼见着西瓜爬蔓、开花、坐果。当小西瓜长到毛茸茸的拳头大时，蒋大志出现在他爹的瓜地里。半年多没见，他脸更白，眼更大，瘦弱的身体,似乎已承担不了脑袋的重量。我们原以为他是出来看风景呢,没想到他是来搞研究呢。

他拿着一个放大镜,跪在他爹的西瓜地里,照完了瓜秧照西瓜,翻来覆去地照,一照就是一上午。河里水明光光的,他的头也是明光光的。我们想他是不是不研究地震而研究西瓜了?研究课题的转变使我们高兴,他如果能研究出西瓜的新品种,栽培的新技术,对我们大大地有利。我们不敢直接问他,间接地问他爹,他爹说他也不知道。那时候他爹还是幸福的,天气略有些干旱,正适合西瓜生长。在长势良好的西瓜地里,还成长着一个即将震惊世界的儿子,老头怎能不幸福?

他的娘有时把午饭送到地里来。老太婆看到儿子脑袋上亮晶晶的汗珠和满身的尘土,忍不住地说:儿啊,歇会儿吧,让你那个脑袋瓜子歇会儿吧。

他的刻苦精神让人感动,我们通过他认识到:当个科学家比当农民还要艰难,当农民是要出大力流大汗,但干完了活跳到河里洗个澡,躺在四面通风的瓜棚里睡一觉,享受的也是人间至福。可是我们在瓜棚里吹着凉风睡觉时,科学家还跪在西瓜地里冥思苦想。时间一天天熬过去,西瓜一天天长大,我们眼见着他瘦。他的身子快成了瓜秧,脑袋不见瘦,快成了西瓜。我们劝他爹：大叔，让大志兄弟歇会儿吧，他那膝盖上，是不是扎了根？这样下去，你儿子就变成一颗西瓜了。

布谷鸟飞来又飞走。槐花盛开又凋落。麦子熟了。西瓜长得比蒋大志的脑袋还要大了。天气热了。有一天，忽喇喇一个闪，喀隆隆一个雷，第一场雷雨下来了。雨点中夹杂着一些花生米大小的冰雹。我们都躲在瓜棚里避雨。科学家还跪在西瓜地里，擎着头，直瞪着眼，思考着最最深奥的大问题。西瓜叶子被风吹着，翻卷出灰白的、毛茸茸的叶背，闪出了满地油滮滮、圆溜溜的大西瓜。稀疏的冰雹打穿了一些西瓜的叶片，也在西瓜上打出了一些伤痕，我们有些心疼。但我们更心疼正遭受着风吹雨淋雹打的科学家的脑袋。稀疏的头发淋湿后紧贴在头皮上，更像西瓜了，冰雹打上去，洁白地、亮晶晶地弹跳起来，落在一旁。我的瓜棚离他爹的瓜棚最近，我大声喊：蒋大叔，你难道不想要这个儿子了吗？

他的爹冒着风雨跑到我的瓜棚里来，浑身哆嗦着，眼泪汪汪地说：怎么办？怎么办？他说了，天上下刀子也不要打扰他，他思考的问题已到了最关键的时刻，今天是最后解决的时间了……

我说：也不能眼睁睁地看着他被雨淋死呀。

我们拿着斗笠、蓑衣，走到科学家身边，似乎听到了他脑袋里发出隆隆的响声，这是一台伟大的思想机器在运转。我试探着用食指戳了一下他的肩膀，感觉到了冰冷和僵硬。不好，大叔，你儿子已经冻僵了。

我们往他的嘴里灌了姜汤，又用烧酒搓了他的全身。他灰白的肉体上渐渐泅出了一些粉红的颜色，凝固了的眼珠慢慢地转起来。

他试图站起来，但分明是没有力气。他的眼睛里闪动着满天飞舞的鸟儿也许才有的兴奋，他哆嗦着嘴唇说：

伙计们，我想明白了！

说完了这句话，科学家一头栽倒。伸手试试他的额头，老天爷，烫得像火炭一样。我们从瓜棚上拆下一面门板，几个人抬着科学家，涉过河水，跑到了乡卫生院。

头批西瓜摘下来时，科学家出院了。我们齐集在他爹的瓜棚里，等待着他向我们宣布他的思想成果。

他双手端着一颗大西瓜，气喘吁吁地说：

兄弟爷们儿们，老同学们，我知道这个问题很复杂很深奥，三言两语说不清楚，我尽量地把问题简单化，形象化，便于你们理解：通过观察研究，我发现：西瓜的生长发育过程，与地球的生长发育过程完全一致，西瓜是一个缩小的地球，或者说，我现在双手端着一个缩小了无数倍的地球……因此，研究西瓜就是研究地球，解剖西瓜就是解剖地球，我已经明白了地震的生成原因，我已经能够准确地预报地震……

他把西瓜放在木板上，从铺下抽出明晃晃的瓜刀，嚓，把西瓜切成两半，指点着那些红瓤黑籽筋筋络络对我们说：

瞧，这是地壳，这是地幔，这是地核，这是灼热的岩浆，这是移动的板块……

我们呆呆地看着他。他宽容地笑了，把那颗熟透的西瓜一阵乱刀剁成了无数小块，分给我们，说：你们一定在想，这小子是不是神经病？我不怪罪你们。吃西瓜，尝尝新鲜，尝尝我爹的劳动成果。

我们捧着那一牙西瓜，感到非常非常沉重，这是一部分地球呀，也许这一牙西瓜上，就有半个中国，这上边有大城市、大森林、大沙漠、大海洋、大雪山……

我们胆战心惊地咬了一口红色的瓜瓤——他说，这是岩浆——我们感到今年的地球成色很好，冰凉的岩浆水分充足，又沙又甜，进口就能溶化……

他说：你们为什么不反驳呢？你们应该问我，蒋大志，我问你：如果西瓜代表地球，那么地球上的海表现在西瓜的什么位置上？长江在哪？黄河在哪？喜马拉雅山在哪？哪是北京哪是华盛顿？西瓜长在瓜秧上，地球呢？是不是也结在一棵秧上？太阳系是一片西瓜呢还是一颗西瓜？宇宙中是否布满四维爬动的西瓜藤？这个枝丫里结着一个太阳？那个枝丫里结着一颗月亮？……你们为什么不问呢？

我们捧着地球皮更加发呆，每个人都感到脑袋发胀，那么多的星球在我们的脑袋里像西瓜一样碰撞着，翻滚着，我们头痛欲裂，脑浆子变成了灼热的岩浆……

他悲哀地看着我们，咬了一口岩浆，吐出一块地幔，扔掉一块啃完的地壳，说：我知道，你们不需要我的解答了。但是，兄弟们，爷们儿们，人类们，我是爱你们的……

从此之后，我们再也无法安宁，尤其是夜晚在瓜棚里看瓜时，抬头看到满天的星星，低头看到遍地的西瓜，就感到一种巨大的恐惧，无数疑问像成群的蚂蚁一样在脑子里爬：西瓜是地球，瓜叶是什么？瓜花是什么？瓜子是什么？玉米是什么？大豆是什么？吃瓜的獾是什么？沙地是什么？尿素化肥是什么？……人又是什么？

你的行为使我们恐惧

一、 那玩意儿是什么

我们齐集在你的门外,"老婆"拍打着门板,"羊"用小指抵着鼻孔,"黄头"斜倚着门框……你二十年前的同学,我们,站在你的门前呼叫着。

"骡子——驴骡子——吕乐之——开门——开门哟——"

但是你不开门,大名鼎鼎的"骡子"把自己关在屋子里,你一声不吭。你不想见我们。你以为我们是来羞辱你、嘲笑你吗?错了错了,你是我们的同学,我们就是你的兄弟,大家想来安慰你。你不响应我们的呼唤。你喷吐出的烟雾从门缝里钻出来,我们呼吸着那株悬在空中花盆里的月季花散发出的淡雅香气。我们心里都很凄凉。你把自己的那个玩意儿割掉了。听到这个消息,我们受到了沉重打击,就像把我们的头颅砍掉一样。我们无头的身体正戳在你的门前受苦受难。

二、"狼"的学生

那时候我们每个人都有诨名。

二十年过去了,古老的吕家祠堂改造成的小学校已经东倒西歪,黑色的房瓦上积满麻雀和鸡的粪便,一根锈得通红的铁烟囱从房顶上歪歪扭扭地钻出来。这曾经冒过一个月烟。"大金牙"在发展村办工业的浪潮中从银行贷款五万元把曾经是我们校舍的吕家祠堂改造成了一家生产特效避孕药的工厂。工厂早已倒闭,负债累累的"大金牙"逃得无影无踪,工厂也被愤怒的乡亲们捣得破破烂烂。现在祠堂里有许多破缸烂盆和涂满瓦片与墙壁的绿色的糊状物,一年到头散发着怪异的恶臭。只有那烟囱还可怜地在房顶上戳着,它是"大金牙"发展村办工业的纪念塔,是同学们共同的耻辱柱。"老婆"家的鸡每天都飞到房顶上去,翘着屁股往我们的耻辱柱上涂一种东西。你沉思着,望着烟囱旁边的鸡。我们并不知道你在想什么。你穿着那么漂亮的西服,那么亮的皮鞋,在两年前的一个日子里,站在我们的母校的废墟里。"大金牙"把母校糟蹋成这模样真令我们难堪,这里曾走出去一个著名民歌演唱家,他的声音在全世界回响,使我们感到骄傲。

"骡子——骡子——"我们拍打着你的门板,但著名的民歌演唱家躲在房子里不出来。

现在,小学校迁到了镇政府后边去了。那是一个四四方方的大院,有八间一排总共六排瓦房,一色的红砖红瓦,大开扇玻璃门窗,房梁上吊着电灯泡,晚上雪白一片光亮,好像天堂一样。"耗子"的儿子们、"黄头"的女儿、"大金牙"的儿子、"老婆"的儿子……我们的孩子们在天堂里念书,没有你的孩子,也没有"小蟹子"的孩子,这是永远的缺憾。你为什么要把制造孩子的玩意儿切掉?我们敲打着你的门板,考虑着这可怕问题,你不出来见我们,更不回答。

"小蟹子"是我们的"班花",叫"校花"也行。她住进了精神病院,她曾经是你的上帝,你的上帝精神错乱,我们想流眼泪,但眼睛枯涩。你说你抱着一大捆鲜花去医院看过她,我们不知真假。这些年有关你的传闻实在是太多太多了。你的风流故事像你的歌声一样,几乎敲穿了我们的耳膜。你还能记得并去看望往昔的小恋人吗?我们无法知道真相,但我们牢记着你追逐"小蟹子"时表现出来的疯狂。

"小蟹子"家住在劳改农场干部宿舍区里。她的家离我们的校舍八里路。究竟有多少次我们看到你驱赶着你家那两只绵羊沿着墨水河蜿蜒如龙的堤坝向劳改农场干部宿舍区飞跑？在夏日的下午放学后的五分钟。你家距吕家祠堂足有半里路，我的天，你真如骡子般善跑。倒霉的是那两只绵羊。河堤两边生满了油汪汪的绿草和星星般的紫豌豆花。野豌豆花以它的颜色点缀了你的初恋。所以，当我们从收音机里听到你用迷人的嗓子唱《野豌豆花》时，我们丝毫没感到惊讶，我们被你的歌拉回少年，那毕竟是一个多梦的黄金时代。那两只羊倒了大霉，最终成了你初恋的牺牲。

夏日天长，下午放学后太阳还相当高地挂在西南方向的天空，离黄昏还有三竿子。在下课铃敲响前二十分钟，你就烦躁不安起来；烦躁不安通过你扭屁股、摇脖子、头皮上流汗等一系列行为和现象表现出来。你的座位在我的前面，"小蟹子"的座位在你的前面。我密切地关注着你的变化，你密切地关注着"小蟹子"的一切。有一次我在你背上画了一只乌龟，你伸长脖子偷嗅着她辫子上的味道。你和她全都不知身后发生了什么。乌龟伸头探脑，辫子香气扑鼻吗？

我们给班主任起的诨名是"犸虎","黄头"说他爷爷说犸虎就是狼,于是我们的班主任就成了"狼"。听说你出了名后去看过"狼","狼"可是人的仇敌呀,也许是真的,按照一般的规律,少年仇,长大忘,老师毕竟是老师。

"狼"发出下课的口令后,你总是第一个胡乱地把书本塞进书包,第一个弓起腰,像弓一样,像扑鼠的猫一样。你比任何人都焦急地注视着"狼"慢吞吞地踱出教室。待到"狼"的身影消失在门外时,我们看到你抓起书包,像箭一般地射出教室。当我们也跑出教室时,你已经跑到了"油葫芦"家的院子外,正弯着腰钻那道墨绿色的、生满了硬刺的臭杞树篱笆。

钻过臭杞树篱笆,你少跑了五十米路,节约了十秒钟。然后你脚不点地蹿过牛医生家的菜园子,不惜踩坏菜苗,被牛家的黑狗追着翻过土墙,扒得墙头土落,跌到袁家胡同里。这时你无捷径可抄,不得不沿着胡同往北飞跑,惊吓得胡同里的鸡咯咯叫。你穿越第二生产队饲养棚前的空场,踩着牛粪和马粪,钻进方家胡同,你飞跑,跳过四米宽的围子沟,从紫穗槐里钻出来,冲进第一生产队的打谷场,绕过一个麦草垛,贴着劳改犯中能人们帮助设计修建的大粮仓的墙根,最后一蹿,"骡子"就放下书包站在自家院子里解开拴绵羊的麻缰绳了。

你的年过八十的老奶奶坐在杏树下的蒲团上,半闭着眼睛念着咒语,对你的行为不闻不问。那两只倒霉的绵羊一公一母,本来是兄妹,后来成了夫妻。它们的细卷儿毛每到夏天必被"骡子"的娘和姐姐用剪刀剪光。可怜的羊被捆住四蹄,放倒在地上,听凭着那两个女人拾掇,咔哧咔哧咔哧,一片片羊毛从羊身上滚下来,显得那么轻松。羊也许是因为舒适哼哧着。它忽然扭动起来,你姐姐下剪太深,剪去了羊身上一块肉。你怎么这样手下没数?你娘训斥你姐姐,你姐姐不服气地嘟哝着:谁也不是故意的。——不是故意的就有了理?——我没说有理,我是说不是故意的!——你存心要气死我!——你还要气死我呢!娘把剪刀摔在地上,气愤地站起来。姐姐也毫不示弱地摔掉剪刀,正摔在娘的剪刀上,两把剪刀相撞击,自然发出了钢铁的声音。

"两个女人爱一个男人,像两把剪刀剪一只羊的毛,千万千万别让她们碰在一起……"你的歌声伴随着电流的沙沙声,层层叠叠地从收音机里涌出来。我们看不到你的脸和你的嘴,但我们闻到了你身上那股子公绵羊的膻气。月光如银,从苹果花的缝隙里漏出来,照耀着我们脸上会意的微笑,使开办避孕药制造厂之前的"大金牙"嘴里的铜牙闪烁着柔和而温暖的金色光芒,又细又微弱。

"女人的敌人是女人,母和女也不行……"他唱道。

你的歌声让我们看到你娘和你姐姐的斗争。在前边那个剪羊毛的下午里,你焦急地站在旁边看着娘和姐姐剪羊毛,另一只被剪光了毛的羊站在你旁边看着躺在地上的同伴和自己身上被剪下的肮脏的毛。它们在一般的诗歌里应该像一团团雪白的云,但实际上却像被狗尿浇过的烂毡片一样。娘和姐姐继续吵着,四只眼睛都往外凸,两条红舌灵活得如同蜡烛的火苗。你看到那些细小的银星星般的唾沫在阳光里优美地飞行着,令我们入了迷。你听到娘和姐姐嗓音那么洪亮和婉转,宛若最迷人的歌声,令我们也神往。我们认为,你后来的成功最大地得力于聆听娘和姐姐的吵架。

"他娘和他姐姐骂起人来都像唱歌一样,他唱歌不好听才是活见了鬼!""黄头"转动黄色的眼球,用非常权威的口气评论着。我们默默不语,等于同意了"黄头"的看法。那天晚上满天游走着大团的乌云,使我们产生星星和月亮在飞快滑行的错觉。错误有时比真理更美丽,我们不愿纠正。我们还说起了在县音像服务公司专卖盒式磁带的"小蟹子"和她丈夫"鹭鸶"闹离婚的事。"鹭鸶"也是我们的同学。他是你的情敌,在绵羊倒霉的时光里。

那只被剪光了毛的羊是公羊，自然，躺在地上正被剪毛的羊是母羊。姐姐的剪刀在它身上弄出的伤口不停地流着一种液体，染红了它的肚皮和它的毛。它"咩咩"地叫着，好像向你求爱一样，理解为向你求救也完全可以。羊的叫声是凄凉民歌的源泉之一，你后来那般辉煌，应该有羊的一份功劳。我们的同学里有一位诨号叫"羊"的。他没有羊的歌喉没有羊的温柔没有羊的气味，但我们不按规律办事硬要叫他"羊"，"羊"无可奈何，被叫了一辈子"羊"。"羊"今天下午死啦，头朝下脚朝上，上不着天下不着地，倒悬在狭窄的废机井里，眼珠子像勒死的耗子一样凸出来，鼻孔里耳朵里都凝结着黑血。他死得真惨。"还有更惨的呢！只是没被你们看到。""大金牙"的八叔面带不善之意在一旁说。这老东西早年干过还乡团，创造发明过一百零八种杀人方法，令人头皮发麻。我的天呐，看来我们这一班同学们都不会有好下场。本来你已成了人上之人，但你把自己那传宗接代的玩意儿切下来了。"小蟹子"发了疯，"大金牙"负债逃窜，"羊"自寻了短见……你的同学们战战兢兢。

那只可怜的母羊的眼睛是天蓝色的。你在广播电台歌唱过生着天蓝色眼睛的美丽姑娘，那姑娘曾使我们每一个人想入非非。她是我们少年时期集体的恋人，固然大家都知道

"小蟹子"的眼睛一般情况下呈现出的是一种草绿色,像解放军的裤子的颜色,但我们都知道你歌唱的是她。想起她你加倍焦急起来,便不去管顾继续用美妙的歌喉吵架的娘和姐姐,悄悄地蹲下。一个十三岁的男孩子,他的大名吕乐之诨名"驴骡子",他就是你。你匆匆忙忙地解着捆绑羊腿的麻绳子,绳子渍了羊血,又黏又滑,非常难解。你正要用剪刀去剪断绳子,娘在你身后发出一声响亮的怒吼:"你要作死,小杂种!"

你还是非常尊重母亲的,固然她并非良母,但你还是尊重她。当你压抑着满腹的疯狂向娘解释必须立即去放羊之后,娘便悠然入室,端出一个铁皮盒子,来到羊前揭开盒盖,倒出干石灰,为羊敷伤口。干石灰是农家用来消炎止血的良药,它刺鼻的气味唤起我们很多回忆。"黄头"的头被第三生产队那匹尖嘴黑叫驴啃破之后,用半公斤干石灰止住了血,石灰和血凝成坚硬的痂,像钢盔一样箍在他的头上足足一年。娘为羊敷伤口的过程中并不忘记用歌喉骂人,姐姐却打开门扬长而去,她从此再没有回来。

你终于把两只羊赶到大街上,羊不能跳墙,所以你必须赶着羊跑大街。多少年过去了,老吕家的儿子放学后鞭打着两只绵羊沿着大街向东飞跑的情景,村里的人们还记忆犹新。那是幸福的年代的爱情的季节,懒洋洋的社员跟随队长到田野里去干活,好像一个犯人头目领着一群劳改犯。奇怪的是距我们村庄八里远的劳改农场里的劳改犯去上工时,倒很像我们观念中的人民公社社员。骆驼的故乡在沙漠里,但是它竟被卖到我们这雨水充沛、气候温暖、美丽的河流有三条曲弯交叉着、植物繁多、野花如云铺满每一块草地、草地里有无数鸟儿和蚂蚱水蛇等动物的高密东北乡里来,干起了黄牛的活儿。这是个误会也是个奇迹。看骆驼去!

看骆驼去!头上箍着石灰和血凝结成的硬壳的"黄头"在教室里高呼着。我们一窝蜂蹿出来。第一生产队买回来一匹骆驼。自从盘古开天地,三皇五帝到如今,高密东北乡还没来过骆驼。省委书记到了我们村也不会令我们那般兴奋。

那是一匹公骆驼。

去,去看骆驼——去去,去看骆驼——村里来了一匹大骆驼——拴在拴马桩上——骆驼说我难过——我感冒了,它哭着说。

这个狗娘养的简直是个天才!什么东西也能编到他的歌里去,这个混蛋。——我们骂你是因为我们爱你,世上没有无缘无故的爱,我们一起去看过骆驼,你、我、"羊""大金牙""黄头""小蟹子"……我们向第一生产队的饲养棚飞跑,好像一群被狼追赶的兔子。"骡子"跑得最快,"小蟹子"跑得最慢。

远远地就望见骆驼高昂着的头颅了,周围有一群人遮掩住骆驼的大部分身体。我们从大人们的缝隙里挤进里圈,大家额头上都汪着汗,一眼就看见"黄头"的八叔名叫八老万者,站在骆驼旁边口吐白沫指手画脚地讲解着骆驼的习性并极力渲染着购买骆驼的艰难历程。

我们的同学"黄头"不时瞥我们一眼,好像骆驼就是他的爹一样。我们知道他那点鬼心思,他无非是在想:骆驼是我们第一生产队的!买回骆驼的人是我八叔八老万!他叔叔八老万是生产队的保管员,一个专舔支书屁眼儿的狗杂种。他有什么神气的。骆驼眯缝着眼,眼里噙着泪;骆驼嚼咬着嘴,嘴角吐着白沫。八老万说:我一眼就看中这家伙,只值头牛钱,个头却有两头牛大。那些蒙古老头儿说骆驼比牛马都要强,能吃苦,能耐苦,瞧这两个峰——他踮着脚拍着驼峰说——这里边全是板油,像女人奶子一样,十天半个月不吃不喝也饿不死它,它慢慢地消化着这里的板油呢——这峰通着肠胃吗?有人问——是的,一个通着肠子,一个通着胃,你要是不喂它草料,那板油就顺着峰底下两个细眼儿,滋溜滋溜地往肠胃里流,像钻泥的蛐蟮一样。八老万说:这一趟内蒙可把我给累熊了,从出了娘肚那天起,还是头一遭受这样的罪……人群忽然恭敬地裂开一条缝,一股股的凉风扎着我们的背,地球咚咚地响着,党支部书记腆着大肚子来了。刘大肚子高声打着哈哈:哈哈!哈哈!哈哈!八老万你这个狗杂种,干的好事!——我们眼见着八老万的头皮就冒出了汗球。他满脸堆着笑说:刘书记,来不及请示您啦,这便宜货,硬让我给抢回来啦——便宜没好货,好货不便宜。刘书记说。八老万又是一番神说,刘书记才骂他:杂种,怕是什么也不能干——能能能,太能了,拉车、耕田、驮东西,样样能,还能让您骑上去呢!那蒙古老头儿对我说,他们自治区的党委书记进京开全国大会都是骑骆驼去——刘书记斜着眼,打量着那两柱充斥着板油的驼峰,说:大概会很舒坦,这货,两个肉瘤子把人一夹,保险掉不下来。

从此我们就经常看到肥刘书记骑着骆驼在村庄的每个角落转悠了。这骆驼到底是个有福的,它仅仅拉过一次犁,就是母羊被剪伤的那天,它拖着铁犁在街上发了疯。扶犁的是个戴帽的右派,北京体育学院赛跑系的优秀生,因为攻击毛泽东主席没有胡子,被赶回了他的故乡我们的太平庄,他曾经是我们太平庄的骄傲。骆驼一上大街就疯了,它的脖子上套着马的挽具，显得不伦不类，让我们耳目一新，小小的铁步犁拖在它身后像个玩具一样。没人敢扶这骆驼犁，贫下中农老大爷们都贪生怕死，只好让戴帽右派出风头。骆驼犁田简直是我们村的一次隆重典礼，所有的人都来看，看那右派怎样巧妙地把挽具给骆驼套上，看骆驼怎样半闭着眼睛装糊涂。

一上大街骆驼就疯了。它先是大踏步前进，然后蹦了一个高儿，因为王干巴家那只小癞皮狗冲着它一阵狂吠。骆驼在街上飞跑着，高扬着它永远高扬着的脖子。我们谁也记不清楚了：那天它飞跑时蛇一样的细尾巴是像尖棍子一样直直地伸着呢，还是紧紧地夹在屁股沟里。铁步犁的犁尖豁起尘土，烟土腾起，宛若一连串不断膨胀着的灌木，那情景千载难逢，真让人感动。赛跑系的右派紧紧地攥着犁把子不松手，也只有他跟得上骆驼的速度。那满街的尘烟好久才散。刘书记踢了面色灰黄的八老万一脚，骂道：犁田，犁你娘的腔！

不久骆驼就成了刘书记的坐骑了。它两峰之间搭着一条大红绸子被面，脖子下面挂着一簇铜铃，它的威风将逐渐呈现出来。

刘书记问八老万骆驼是公还是母，八老万说是公的。这时我们的班主任"狼"来了。

"狼"伸长脖子,研究着骆驼的脖子。他本来是来抓我们回教室上课的,但一见骆驼他也入了迷,如果对动物不入迷,就不是纯粹的高密东北乡人。

你为什么不买匹母的?你这个糊涂虫!刘书记批评八老万。八老万诺诺连声。买匹母的可以让它生小骆驼,刘书记说。那也要用公骆驼配呀!

让它配母驴、母马、母牛!你用你们家祖传的高嗓门高喊起来。他们先是愣愣,接着便哈哈地笑起来。

这是谁家的小杂种?刘书记高兴地说,真他娘天生的科学家,可以试试嘛!看能生出什么来。

这时,骆驼把头一低,从嘴里喷出一些黏稠的草浆,臭烘烘地弄了"狼"一脸。"狼"发了怒,把我们轰回了教室。

在你赶羊跑街的过程中,最倒霉的是两只绵羊。它们倒了很多次霉,数这次倒得最严重:公羊光秃秃的一身灰皮,被剪了毛的公羊显得头特别大。母羊半边身子光秃秃、血糊糊,半边身子披散着肮脏的长毛,走起路来似乎偏沉,随时都会向有毛的那边歪倒。你高举着皮鞭毫不留情地抽打着这两只倒霉的绵羊的脊梁。一是因为被母亲和姐姐的吵架耽误了一些时间,你心情特别焦急,所以使用鞭子比往常的下午要频繁;二是羊因为剪了毛浑身轻松,负荷减轻;三是因为绵羊没了毛,那鞭子抽到背上要比往常有毛时疼痛加剧无数倍。所以,那天下午你和你的两只绵羊几乎像三颗流星一样滑出了大街。你和羊的身后自然也拖着一道三合一的黄烟。

你和绵羊出现在被野豌豆花装扮得美丽无比的墨水河大堤上时,西边的太阳流出苍老的金黄色来,河水自然也被金黄感染,生成幽深的玫瑰红,青蛙因为鸣叫而鼓起的两个气泡在两腮后多么像两个淡紫色的小气球。这些在你的歌里都有反映。你的记性真不错,还能记得那么多种野草的名字和它们的颜色:碧绿的"掐不齐"、灰绿的"猫耳朵"、暗红的"酸麻酒"、金黄的"西瓜头"……河的两边辽远地伸展出去的肥沃土地上波动着稼禾的绿浪,蓬勃生长着的绿色植物分泌出来的混合味道使你醺醺欲醉,这自然也是我们的感觉。

也许因为羊儿被剪了毛,往常的潇洒没有了。你今天无论如何也浪漫不起来。羊的光背上鞭痕累累,显示出爱情的残酷无情,这还是少年初恋呢!那匹老公羊还能勉强行走,那匹半边有毛的母羊走得歪歪斜斜,随时都有可能滚到墨水河中去。但是你仍然毫不留情地抽打着它们。

绵羊们的真正仇敌应该是扎着一对小辫子的"小蟹子"。

她长着两条小短腿,跑起来宛若一匹灵活的小哈巴狗。她最迷人的部位是两只眼,那两只眼会随着光线的强弱改变颜色。所以,我们知道你在都市灯火辉煌的大舞台上歌唱着的那些蓝眼黑眼金眼紫眼青眼……戳穿了都是"小蟹子"的眼。现在我们回想起"小蟹子"能在漆黑的夜里写日记的优秀表演,就自然地把"特异功能者"的帽子扣在了她的头上。当玫瑰色阳光照耀墨水河的时候,它们呈现出了什么样的光彩?这个问题在你的所有的磁带和唱片里我们都没找到答案。但我们知道,你注视过在那特定时刻里的"小蟹子"的眼,你的心里有一幅迄今为止最完整的"蟹眼变化图"。

"小蟹子"的嘴天生咕嘟着,用美好的话来形容:它像一颗鲜红的山楂果儿;用恶心的话来形容:它像一朵鲜花的骨朵儿。二者必居其一。

与我们同学的第二年春天,棉衣被单衣代替之后,我们便不约而同地发现,"蟹子"的胸脯上鼓起了两个鸡蛋那般大的瘤子。我们当中连弱智的"老婆"都知道那俩东西不是瘤子而是两个好宝贝。从此之后,"蟹子"的胸脯上便印满了男孩们的眼光。后来,我们都产生了摸一下那俩宝贝的美好愿望。它们长得真快呀,像两只天天喂豆饼、麸皮、新鲜野菜的小白兔一样。我们都把这很流氓的念头深深埋藏在心窝里,没有人敢付诸实践。据说你,也只有你才敢在它们处于鸡蛋和鸭蛋之间时摸过了其中一个。当时我们都认为你非常流氓,都恨不得把你那只流氓的狗爪子剁下来送给"狼"。后来,当它们像八磅的铅球那般大时,"鹭鸶"这兔崽子每晚都摸着它们睡觉。铅球变成足球时"鹭鸶"跟她闹起离婚来了。这幅"蟹乳变化图"你心里有吗?

绵羊的喘气声早就像哨子一样了。堤上的紫花绿草它们不能吃,河里的腥甜清水它们不能喝,你的鞭子啪啪地狠狠地打在它们身上,它们只能跑,它们不敢不跑。谁也不愿做一只小羊让你用鞭梢抽打脊梁。其次,从你迷上"小蟹子"时这两只羊就被判处了死刑。

昨天这时候,你和羊已经尾随在"蟹子"背后,羊吃草,你唱民歌,用你那尖上拔尖的歌喉。合辙押韵的歌儿像温暖的花生油一样从你的嘴里流出来,把墨水河都快灌满了。"蟹子"有时回头看着你,轻媚一笑,简直流氓!有时她倒退着看你,脸上红光闪闪,眼里两朵向日葵。"鹭鸶"对"狼"说你们简直流氓到无以复加的程度了。

河边的水草中,立着两只红头顶的仙鹤,还有一群用绿嘴巴在浅水中呱呱唧唧找小鱼吃的鹭鸶。那两只鹤却是挺直了脖子,傲慢地望着微微泛紫的万顷蓝天,一动也不动。

昨天绵羊还有毛，基本上是白色，它们吃着草走在河堤上，听着你唱歌，让你的鞭梢轻轻地抽打着它们的脊梁，应该说一切都不错。今天，"蟹子"在五里外，看上去像个彩色小皮球儿。这是羊们倒霉的最直接原因。从吕家祠堂到"蟹子"的家只有八里路，跑吧，"骡子"！

在七里半处发生了这样的事：

公羊把四条腿儿一罗圈瘫在了地上。母羊因为那半边毛儿的重量滚到河里去了。你忘了羊，提着鞭子，喘着粗气，直盯着"蟹子"看。

"哎哟，吕乐之，你家的羊掉到河里啦！"

你四下里看看，向前走两步，伸手摸了一下"蟹子"胸前的那东西，同时你说："咱俩……做两口子吧……"你自己在歌里告诉我们：那一瞬间你感到浑身发冷，上下牙止不住地碰撞。你的心像鸡啄米一样迅速地跳着。你说她那坨硬硬的、凉凉的肉像一块烧黑的铁一样烫伤了你的指尖。

"蟹子"非常麻利地扇了你一个耳光，骂了你一声："流氓！"

你基本上是个死尸。残存的感觉告诉你，"蟹子"捂着脸哭着跑走了。劳改农场干部宿舍区里那些瓦房和树木，在夕阳里像被涂了层黏稠的血。

夏天的每个下午几乎都一样：强烈的阳光蒸发着水沟里的雨水，杨树的叶子上仿佛涂着一层油，蝉在树叶上鸣。黑洞洞的祠堂里洋溢着潮气，有一股湿烂木头的朽味从我们使用的桌子和板凳上发出。屋子里还应该有强烈的汗味、脚臭味，但我们闻不到。

我们的"狼"哈着腰走进教室，他的身体又细又长，脖子异常苗条，双腿呈长方形，常常在幽暗里放出碧绿的磷光。他的磷光使我们恐惧，更使我们恐惧的是他那支百发百中的弹弓。"狼"是神弹弓手。

"狼"站在高高的土讲台上，像一棵黑色的树，像一股凝固的黑烟，把泛白的黑板一遮为二。有时候我们能看到"狼"的白牙闪烁寒光。我们总认为"狼"在明处我们在暗处，任我们在底下搞什么鬼名堂他都看不到，但事实上我们每次恶作剧都难以逃脱惩罚。只有他——我们的领袖"马骡子"能偶尔逃脱惩罚。"狼"用百发百中的弹弓惩罚我们。"狼"的面前有一个碎砖头垒成的案台，案台上摆着俩纸盒，一个盒里盛着粉笔，另一个盒里盛着泥球。像葡萄粒儿那般大小那般圆滑的泥球，"狼"取之不尽用之不竭，我们不相信"狼"肯亲自动手去精心制造这些打人的泥丸。虽然我们的年龄都在十三岁与十五岁之间,但也知道"狼"的第一职业是到祠堂后边那栋草房里去跟浪得可怕的马金莲睡觉,第二职业才是教我们念书。"狼"没有时间更没有精力去搓泥球儿。我们之中,必有一个叛徒,他不仅为"狼"提供打我们的泥球,而且,极有可能他还向"狼"密告我们的一切违法行为。要不为什么我们星期日下午偷袭生产队的西瓜地,星期一上午"狼"就用弹弓发射泥丸打击我们的头颅呢?我们偷了几个西瓜,在什么地方吃掉,西瓜中有几个熟的,"狼"全知道。

"狼"进教室前总是先咳嗽一声。一听到"狼"的咳嗽声我们就像听到号令的士兵一样乱纷纷蹿回到自己的座位,好一阵噼里啪啦响。那一年"小蟹子"是班长——"狼"喜欢女生——她喊:起立——我们稀里哗啦起来。走上讲台,站在讲台上"狼"又咳嗽一声。"小蟹子"接着他的咳嗽声喊:坐下——我们稀汤薄泥般坐下。就在坐下的工夫,我看到"骡子"扯了一下"蟹子"的辫子——这当然是累死羊之前的事。"狼"摸出弹弓放在案台上,然后从腋下抽出课本,啪啪啪抽几下,好像要抽打掉其实没有的灰尘。

那支弹弓是我们的仇敌。它的柄是从柳树上截下来的标准的Y形木杈。用碎玻璃刮去皮,用碎砂纸打磨光滑,再涂上一层杏黄色的清油。两根弹性很好的橡皮条是从报废的人力车内胎上剪下来的。柔韧的猴皮筋把橡皮条、弹兜、Y型木杈紧密地联系在一起。它每节课都静静地蹲在案台上,比"狼"还要可怕地监视着我们。我们曾在茂密的高粱地里精心制定过偷窃它的计划。

足智多谋的"耗子"说:"同学们,我们一定要想办法偷来它,毁掉它,毁掉它就等于敲掉了'狼'的牙齿。"

"放到火里烧了它!"

"用菜刀剁碎它!"

"把它扔进厕所,用尿滋!"

……

我们努力发泄着对"狼"的牙齿的深仇大恨。在那个现在回想起来妙趣横生的年代里,我们感受到一种非人的压迫,这压迫并不仅仅来自"狼"。

我们还是"熊"的学生。

"狐狸"也是我们的老师。

还有"豪猪"。

我看到"狼"用长长的手指翻起语文课本,他狡猾地说:"今天学习《半夜鸡叫》。"

"狼"的脸永恒地挂着令我们小便失禁的狡猾表情。大家都说过,二十多年来,"狼"那狡猾表情经常进入我们的梦境,印象比当年还要鲜明。"狼"说:"《半夜鸡叫》是一部小说的节选。这篇课文揭露了地主阶级对农民的残酷剥削,歌颂了农民阶级的智慧……"这时,"老婆"把脸放在课桌上打起了呼噜。

"狼"脸上的表情突然十分生动起来,他把课本轻轻地放在案台上,右手摸起了弹弓,左手从纸盒摸出一颗泥丸。

我说过"狼"是神弹弓手,他打弹弓从不瞄准。他拉开弹弓,教室里很静,我们看到皮条被拉长了,皮条被拉得很长,我们的身体却缩得很短很短。皮条上积蓄了一股力量,我们听到一只孤独的苍蝇在头上嗡嗡地鸣叫着飞行,它把凝固的空气划开一道道缝隙。教室里的空气宛若黏稠的蜂蜜,透明又混沌,缓缓地转动着,像一块方糕。我们甜蜜地战栗着,在战栗中等待着。在"狼"的弹弓下,每一颗头颅都不安全。为了让我们看得更清楚,一缕雪白的阳光穿透蜂蜜,照耀着"老婆"的头脸,"老婆"的头上不时滑过被光线放大了的苍蝇的阴影。他歪了一下头,被我们看到挤扁了的腮,挤裂了缝的嘴,嘴唇蜷曲着,露出细小的白牙,一丝冰凌般的垂涎把他的嘴角和桌面联系在一起,苍蝇的阴影飞进他的嘴里,他闭上嘴,苍蝇的阴影粘在他的鼻子上。他打着很不均匀的呼噜。

该发射了,"狼",别折磨我们了。

固然我们对弹子击中皮肉时发出的响声已经很熟悉,但依然感到紧张。我们都成了被"狼"的胳膊抻长的橡皮条,他把我们抻长抻长无穷地抻长,紧张紧张紧张得够呛,紧张随着抻长增长。终于,一声呼啸,弹丸打在"老婆"的脑袋上。

我们立刻松懈了,懒洋洋地,教室里回旋着我们悠长的吐气声,蜂蜜般的空气开始稀薄并因为稀薄而流动。倒霉的冠军是"老婆"。他的头发里非常迅速地鼓起了一个核桃大的肿块,细细的血丝渗出来,即使看不到我们也知道。

"老婆"从板凳上蹦起来,捂着头上的肿块哭起来。

"你还好意思哭!""狼"又拉起了弹弓,"老婆"叫了一声娘,捂着头钻到桌子底下去了。

"狼"一松臂,飕飗一声,把那只庞大的苍蝇打落在"小蟹子"的课桌上。在这样神射手面前,我们的头颅如何能安全?

"狼"提着一根腊木杆刮削成的坚韧教鞭走下讲台。教鞭是"狼"的第二件法宝,他挥舞着它,像骑兵挥舞马刀,空气嗖嗖急响,我们脊背冰凉。是谁帮助"狼"刮削了这件凶器?"狼"的空闲时间全部消磨在那个女人身上,是谁选择了这种弹性最好、打人最疼的腊木杆为"狼"制成了教鞭,为

"狼"增添了利爪？难道那弹弓还不够我们消受的吗？一定还是那个暗藏在我们队伍里的内奸。我们决定，揪出这个内奸后，决不心慈手软。

"我知道他是谁！"诡计多端的"耗子"眨巴着小眼睛说。

你立即逼住"耗子"，用你那压低了的美丽歌喉问："他是谁？！你说！"

"耗子"支支吾吾，眼睛里跳跃着恐怖的光点，"耗子"不敢说。

你举起你的鞭子——我们星期天一早去田野割青草时，你的腰里一定别着那支皮鞭子，不管绵羊在不在身边。"耗子"说："我不知道他是谁……我是说着玩的……"

你把鞭子往下一挥，把一棵玉米一侧的四个大叶片抽断落地，简直像一把刀。要是"狼"的腰里有朝一日也挂上"骡子"式的皮鞭，我们就没有活路了。

"知道你是瞎猜！""骡子"把鞭子挂在腰上，淡淡地说，"我们不能冤枉一个好人，也不能放掉一个坏人。"那时候村里开始了清查阶级敌人的运动，社会形势紧张，我们经常听到东边的劳改农场里响起枪毙阶级敌人的枪声。

你比我们早熟，所以你去追赶"小蟹子"，我们不去。你个子比我们大，皮肤比我们白，一块跳进墨水河游泳时，我们羞耻地发现你的那儿生长出毛儿。

"狼"提着教鞭在桌椅板凳间穿行着。有时他穿着浆洗得雪白的硬领衬衣,衬衣的白颜色刺着我们昏暗中的眼睛。"狼"身上有一股十分令我们不愉快的香肥皂的味道。我们厌恶他的卫生,他可能更加厌恶我们的脏,所以他的身体触近"蟹子"的时候,你很有所谓。"狼"伸长脖子对"蟹子"进行个别辅导时,你便把桌子摇得嘎吱吱响,或是夸张地咳嗽。"狼"抬起头,警惕地看着你。突然,"狼"的教鞭抽在你的背上。你站起来。"狼"怒吼。

"滚出去!"

你却坐下了。

所以,没有人怀疑为"狼"制造教鞭的是你。谁敢跟"狼"作对谁就是我们的领袖,谁挨了"狼"的鞭打不哭不闹谁就是英雄。

上《半夜鸡叫》那天,"狼"读到地主被长工们痛打那一节,我们欢呼起来,"狼"得意扬扬,以为是他出色的朗读感动了我们,这个蠢狼。

我们的欢呼声把"狐狸"惊动了。"狐狸"是我们的教导主任,有时给我们上政治课,讲一些战斗故事什么的。"狐狸"比"狼"还坏,"狐狸"给你记过处分,因为你自编自唱反革命歌曲。文化大革命中,我们把"狐狸"打回了老家,听说去年秋天他掉到井里淹死了。他不死也该六十岁了吧。

"熊"是我们的校长,"豪猪"是"熊"的老婆,我们不去想他们啦。"骡子"!"骡子"!你开门呀,老同学们想跟你喝几瓶烧酒呀。

你把自己关在房子里,不作声,更不开门。

三、 辉煌的"骡子"

重复地描写在"狼"的白色恐怖和高压政策下的生活,并不是愉快的事情。但你逼迫我们回忆,这大概就是伟大人物和平庸百姓的区别吧,这大概就是天才与庸才的区别吧。不是你亲自逼我们回忆,是你的力量转移到他人身上,他人来逼我们回忆。

《艺术报》的女记者把她的名片一一分发给我们,然后就打开了她那架照相机,啪啪地拍照着我们。你看你看,秃子跟着月亮走,总是光好沾,是不是,否则她才不会用她的胶卷为我们照相。她有张很长的脸,鼻梁也显得特别长,双眼很大,起码有四层眼皮。用咱庄稼人的眼光来看,这姑娘是个优良品种,如果她再嫁个四层眼皮的丈夫,生出个孩子难道不会有八层眼皮?我们坐在"耗子"家的粉条作坊里,抽着那善心的女记者分给我们的带把儿的美国烟,接受她的采访。这是前年秋天的事儿,跟我们第一次看到你那已经很不小的玩意儿根根上生了毛儿是一个季节。

高粱通红,一片连一片,在墨水河的南岸;棉花雪白,一片连一片,在墨水河的北岸。我们的镰刀和草筐子扔在河堤上,衣服扔在草筐子上。赤裸裸一群男孩子站在河边的浅水里,那就是我们。其中一个最高最白的就是你。那时候鬼都想不到你将来是个跳到河里救小孩的英雄。你的嗓门儿不错我们知道。女记者告诉我们:"对。'骡子',这名字很亲切,我可以这样写吗?他少年时的朋友们都亲切地叫他'骡子'。他的同班同学们都自豪地说:我们的'骡子'。""你愿意怎么写就怎么写吧,谁管。"老了更机灵的"耗子"眨巴着眼说:"这大姐,我们的'骡子'真是匹好骡子。""耗子"谄媚地笑着,那被红薯淀粉弄得黏糊糊的手指却悄悄地伸向了女记者放在土炕上的烟盒。

"碗得福儿!啊欧吃米也五欧!"女记者嘟噜了几句洋文。

真了不起!长着四层眼皮就够份了,还会说洋文,我们真开了眼。大家互相看着,又看女记者。我们的"骡子"竟能支使着这样的高级女人到咱东北乡这偏僻地方来为他写家谱,真替我们添了威风。

那女记者慷慨大方又一次散烟给我们抽,她自己也叼上一支。那根雪白的烟卷儿插在她那红红的小嘴里,活活就是一幅画,像从电影上挖下来的一样。

"他在京城里成天干什么?""老婆"问。

"他是著名的歌唱家呀!每天晚上演出,"女记者有些失望地问,"你们没看过他的演出?"

我们没有看过他的演出。

"你们听过他的歌声吧,从收音机里。"女记者拿出一个蒙着皮套的录音机,说,"我这里有他的磁带。"

"他的歌,听过。""耗子"摩挲着那个沾满了油腻的塑料壳收音机说,"他唱的那些事我们都知道,骆驼啦,羊啦,花儿草儿什么的。他从小就有好嗓子。"

女记者兴奋起来,嘴里又流出弯弯勾勾的几句洋文。她说洋文时那舌头仿佛打了六十四个卷儿。这四层眼皮的女人,舌头能打六十四个卷儿,真真是识字班脱裤子——不见蛋(简单)。"大金牙"后来说。

"说呀!说!"女记者打开录音机,我们看到机器在转动,

"我就喜欢听他小时候的事儿。"

"他不就是会唱几首歌吗？""羊"说，"我们这儿谁也能哼哼几句。"

女记者更高兴了，她又要听我们唱歌，都是"羊"这家伙招来的事。女记者说"骡子"不但是个著名的歌唱家，还是个不怕淹死自己跳到河里救人的英雄。

"羊"又说："这算什么事？我去年一年就跳到井里两次，头一次捞上来一个小孩，第二次捞上来一个老太太。那老太太还骂我多管闲事。"

我们恨死了这头"羊"。"羊"不会抽烟。

我们答应把你小时候的事情说给她听。

淤泥、野芦苇、狗蛋子草、青蛙、黄鳝、癞蛤蟆、水蛇、螃蟹、鲫鱼、泥鳅、蝈蝈、鱼狗、燕子、野韭菜、香附草、水浮莲、浮萍，年复一年地在我们二十年前洗过澡的地方繁衍着、生长着，你却再也不去那地方，去了也不会像当年那样脱得一丝不挂。那时候你对我们骄傲地显示着你那几根毛毛儿，现在你还炫耀什么？都传说你自己动手把那玩意儿割掉了，你连一个儿子都没留下就切掉了它。消息传来时，我们一致认为：你是个彻头彻尾的混蛋。

那时候，这混蛋直挺挺地立在浅水里，让我们看身体的变化。我们感到羞耻、神秘、惴惴不安，你用那几根毛儿把我们超越了。下午的太阳是多么样的明媚啊！墨水河清澈见底，沙质的河底上淤着一层发亮的油泥，河蟹的脚印密密麻麻，堤外传过来摘棉花女人们的歌声。

您不知道，京城来的同志，我们这儿的女人，结了婚后就不管三七二十一啦，什么样的脏话都敢说，什么样的风流事都能干。她们唱那些歌儿呀呀呀，实在是不好对您学，您还是个闺女吧？摘棉花女人的歌儿太流氓了，开头几句还像那么回事，三唱两唱就唱到裤裆里去了……您非要听？好吧，周瑜打黄盖，您愿挨就行。譬如：大姐身下一条沟，一年四季水长流，不见大和尚来挑水，只见小和尚来洗头……

那京城来的女人脸上没有一丝红，听得有滋有味儿。到底是大地方来的人，我们赞叹不已。

女人的歌声在秋天的洁净的空气里，有震动铜锣的嗡嗡声。你的心别别地跳，感到脚底下的沙土在偷偷流走，流动的细沙使我们脚心发痒。我们的身体在倾斜。你的腰渐渐弯了，我们亲眼看到了它突然昂起了高贵的头！流氓，太流氓了，流氓的歌声狠狠地打击着我们。你猛地往前扑去，像一条跃起的大鱼。你的肚皮打击得河水沉闷一响，我们尾随着你扑向河水。河里水花四溅,我们手脚打水,满河都是嚎叫。

补充说明一点。老人们说,立了秋后就不能下河洗澡了,河里的凉气会通过肚脐进入肠子。立秋之后非要下河洗澡,必须用热尿洗洗肚脐,我们每次都这样做。

这些陈茄子烂芝麻的破烂事儿对您有用吗?

有用,有用,太有用啦。你们尽管说,她说,我对他的一切都感兴趣。

对不起您,天就黑了,我们要做粉丝了,要干到后半夜。您回镇里去?

女记者不回镇里去,她要看我们做粉丝。她说她吃过粉丝但从没见过做粉丝。我们看到她又从那只白皮包里摸出一盒烟,大家心里既感动又高兴,到底是京城来的人,出手大方,还有四层眼皮。

距离"大金牙"贷到五万元人民币还有三个月,他的昙花一现的好运气还没来到。人走时运马走膘,兔子落运遭老雕,这话千真万确。我们怎么敢想象三个月后"大金牙"就嘴里叼着洋烟卷儿,脖子上扎着红领带儿,黑皮包挂在手脖子上,成了高密东北乡开天辟地以来的第一位厂长呢?他现在的活儿是在咱们的"耗子"挂着帅的粉丝作坊里拉风箱,最没有技术最沉重最下等的活儿,但灶膛里熊熊燃烧的火焰总是照耀着他的脸,使他的那两颗铜牙像金子一样放光,还有他的额头也放光,像一扇火红色的葫芦瓢儿。

我们把红薯粉碎,从大盆里倒进大缸里,再从大缸里舀到小盆里,再从小盆里倒进大盆里,倒来倒去,我们就把淀粉倒弄出来了。淀粉白里透出幽蓝,像干净的积雪。

我们把水加进淀粉里,再把淀粉加进水里,再把水倒进锅里,三倒四倒,我们就把粉丝倒弄出来了。

灶里火焰很旺,火舌舔着锅底,水在锅里沸腾。火舌使我们的脸上出汗,在腾腾升起的蒸气里,那女记者的脸蛋儿像花瓣儿一样。有一个这般美丽的女人看着我们干活令人多么愉快。我们忘不了这好运气是谁带给我们的。"耗子"用他的小拳头飞快地打击着漏勺里的淀粉糊儿,几百条又细又长似乎永远断不了头的粉丝落在沸水滚滚的大锅里,然后又如一缕银丝滑进盛满冷水的大盆里。"老婆"蹲在盆边,挽着滑溜溜的粉丝,挽到一定长度时,他便探出嘴去,把粉丝咬断。每次在咬断粉丝时,他总是不忘记同时吞食它们。

"吃多了肚子会下坠的!""耗子"说。

"我没有吃。""老婆"说。

"没有吃你干吗要吧唧嘴?"

"吧唧嘴我也没有吃。"

我们知道他吃了,每截断一次粉丝他就吃一大口。他死不承认,谁也没有办法。于是我们希望他的肚子通道疼痛下坠,但是他既不疼痛也不下坠。好在我们是同学,不愿太认真。

后来,半夜了,作坊外的黑暗因为作坊内的灶火而加倍浓重。女记者吃了一碗没油没盐的粉条儿,我们还想让她吃第二碗。她吃了第二碗我们还想让她吃第三碗,但是她任我们怎么劝说都不吃了。她说她吃饱了,吃得太饱了,说着说着她就打了一个饱嗝。

粉丝都晾起来了,今夜的活儿完了。汽灯有些黯淡了,"大金牙"蹲下去,扑哧哧响,他抽拉着打气杆儿给汽灯充气,唑唑声强烈起来,汽灯放出刺眼的白光。女记者眯缝着眼说汽灯比电灯还亮。她没有回镇政府睡觉的意思,我们自然愿意陪着她坐下去。

"耗子"眨着永远鬼鬼祟祟的眼睛问女记者:"您见过他吗?跟他熟吗?"

女记者说:"太熟了。"

"听说他在京城里有好多个老婆?"

"噢,这倒没听说过。"女记者挺平淡地说。

"你别说外行话了,人家那不叫老婆,是相好的!""大金牙"纠正着"老婆"。

女记者说:"他在家乡时有过相好的吗?"

我们互相看着,都不愿回答女记者。

"他在家乡时是不是就很风流?"女记者问。

"不,不,"我们一齐回答,"他很规矩。"

那时候我们从"狼"的白色恐怖中逃脱出来了。没有中学好上,我们一齐成了社员。他因为身体发育得早,已进入了准整劳力的行列,干上了推车扛梁的大活儿,而我们还在放牛割草的半拉子劳力的队伍中逍遥。

"他的爹娘没给他找老婆吗?"那天夜里,在粉坊里,她问我们,"农村不是时兴早婚吗?"

她的眼在汽灯的强光照耀下,黑得发蓝。她使我们想起"小蟹子"。我们告诉她:他的爹娘在我们不是"狼"的学生三个月后突然失踪了,就像他的姐姐一样。

也是在粉条作坊里,也是一个很黑的夜晚,也是深秋季节,天气有些凉但不是冷,我们村的粉条作坊开张了。下午在收获后的红薯地里放猪时,我们就知道了这消息,大家都很兴奋。"老婆"家那头花猪鼻子极灵,东嗅嗅,西嗅嗅,简直胜过一条警犬。它是"老婆"的骄傲。太阳要落山时,路边槐树上,金黄的枯叶在阳光中颤抖,我们因夜晚粉坊的美景即将来临兴奋得颤抖。播种小麦的男女社员们收工了,疲惫的牛和疲惫的社员们沿着土路走过来了,我们也召唤着猪,让它们停止寻找残存在泥土中的红薯,跟我们一起回家。啰啰啰,啰啰啰,是我们对猪的呼唤。"老婆"家的花猪在一座坟墓后的暄土里拼命拱,用齐头的嘴巴。一边拱它一边叫,像狗一样。猪叫出狗声,的确有些怪异,我们便围拢上去看。"老婆"家的花猪戗立着背上的鬃毛,好像很激动。我们家的猪和我们一起看着"老婆"家的猪把地拱出一个大坑。

"这里可能埋着一坛金子。""耗子"说。

"老婆"的脸上立刻就放出金子般的光芒。

"干什么你们?怎么还不回家?"队长在路上喊我们。

"老婆"家的花猪浑身哆嗦着,叼着一个黑乎乎、圆溜溜的东西从土坑里跑上来。

我们发了呆了,呆了一分钟,便一齐怪叫着,炸到四边去。

"老婆"家的花猪从土坑里叼上来一颗人头。一颗披散着长发的女人头。女人头还很新鲜,白瘆瘆的,没有臭味没有香味,有一股冷气,使我们的脊背发紧,头发一根根支棱起来。

在路上疲惫移动的大人们飞跑过来,全过来了,路上只余了些拖着犁耙的牛,它们不理睬让它们站住的口令,继续踢踢踏踏地往村子里走。

大人们来了,我们胆壮起来,重新围起圆圈,把"老婆"和他家的花猪以及花猪拱出来的人头围在中央。那女人头还半睁着眼,头发乱糟糟的。花猪好像要向"老婆"报功一样,跟着"老婆"哼哼着,"老婆"被花猪吓得鬼哭狼嚎。

到底还是队长胆大,他从坟头上揪了一把黄草,蹲到人头前,小心翼翼地揩着那张死脸上的土,一边揩一边咕哝:"怪俊一个女人,真可惜了……"揩完后他站起来,转着圈儿端详。落日的余晖涂在我们脸上,也涂在人头上,使它红光闪闪,宛若无价之宝。我们都像木偶一样呆了好久好久。

队长忽然说:"你们看她像谁?"

我们认真地看看她,也看不出她像谁。

队长说:"我看有点像桂珍。"

桂珍是"骡子"的姐姐。

我们再看那头,果然就有些像桂珍了。不等我们去寻找"骡子"时,他先叫起来了:"不是我姐姐,才不是我姐姐呢!"

他哭丧着脸,继续喊叫:"我姐姐的头是长的,这个头是圆的；我姐姐头发是黑的，这个头发是黄的……"

"你也别犟，"队长说，"长头也能压成圆头，黑毛也能染成黄毛，没准就是你姐姐的头哩！"

"骡子"哭了，他又举出了几十个证据来证明那颗头不是他姐姐的头，搞得我们也有些不耐烦起来，队长也高了嗓门，说："'骡子'，你也甭吵吵啦，去叫刘书记吧，他老人家眼光尖锐，他老人家要说这头是你姐姐的头就是你姐姐的头，他老人家要说这头不是你姐姐的头你想赖成你姐姐的头也不行。"

张三、李四、王二麻子……队长点了一大片人名，让他们回家吃饭，吃了饭好去粉坊加夜班干活，顺便把刘书记喊来验头，但人们都不想挪步。队长无奈，只得吩咐大家好生看守着人头，别出差错。此时太阳已完全下山，但天还没黑，有几只乌鸦在我们头上很高的地方呱呱地叫，远望村庄，已被盘旋的炊烟弄得一团模糊。

人们围着人头，都如磁石吸住的铁钉一般，谁也不动，也没人说什么。眼见着那天就混沌起来，农历十六日的大月亮放出软绵绵的红光来，照在我们的脸上和背上，也照在那女人头上。那女人头上跳动着一些碧绿的光点儿，我们目不转睛地看着。人是如此了，那些猪们却在月光下撒起欢儿来，一个个都把鬃毛倒竖,你追它赶着,喉咙深处发出吠叫,汪汪汪一片。我们不去管它们。

"这不是我姐姐的头!我姐姐跟着劳改农场一个劳改犯跑了,这不是我姐姐的头!"他的号叫淹没在月光中,竟似受伤的鲫鱼往水底沉落一般,没有人理睬他。

远远的一盏红灯从村口飘过来,飘飘摇摇,摇摇飘飘,不似人间的灯火。大家都知道刘书记来了,在水一样的波动着的月光下,流过来清脆的驼铃声。红灯刚由村口出现时,我们感觉到它流动得很慢,似乎老半天都不动地方;渐渐逼近时,才发现它流动得很快,宛若一支拖着红尾巴的箭。

人圈又是非常自动地裂开一条缝,大家都把目光从人头上移开,看着身躯肥大的刘书记手里擎着一盏纸糊的红灯笼,从骆驼背上轻捷地跳下来。据"黄头"的叔叔八老万说,内蒙的骆驼是跪倒前腿,降低高度,让夹在它的双峰之间的骑者安全地跳下来,我们这头骆驼却从不下跪,刘书记腿脚矫健,也用不着它下跪。

"人头在哪里?"刘书记的嗓音像铜钟一样。

没人回答,但却自动地把通往人头的缝隙闪得更宽了。大家的目光随着大摇大摆的刘书记往前移动,最后都停在被红灯笼照明了的人头上。这时,队长才气喘吁吁地跑来了,与队长同时跑来的还有民兵连长（他是刘书记的亲侄）和两个基干民兵。民兵连长背着一支老掉牙的日本造三八大盖儿步枪，枪口上套着贼长的刺刀，刺刀尖上银光闪闪，照耀着历史，使我们猜想到了战争年代的情景。那两位基干民兵都是贫农的儿子，他们每人扛着一支铁扎枪，枪头后三寸处绑着绒线缨儿，在月光下抖动。他们腰里分左右各别着两颗木把手榴弹，也不知是什么年代制造的，更不知臭了没有。

刘书记把红灯笼交给此时已气喘吁吁地站在他背后的民兵连长擎着，民兵连长的另一只手紧紧地抓着三八枪的皮带。灯笼火下，出现了一条条重叠着的大影子。

"我怎么看怎么觉得这头像桂珍的头……"队长对刘书记说。

刘书记不待他说完就破口大骂起来："放你娘的狗臭屁！"

队长的腰立刻就弯曲了。队长弯着腰退到我们中间，再也不说一句话。

刘书记张望了一下众人，怒冲冲地说："你们还围在这儿干什么？一颗死人头有什么好看的？谁稀罕？谁稀罕谁提回家去吧！"

谁也不稀罕，大家就惶惶地四散回家了。

我们的猪给我们制造了相当多的麻烦,它们玩疯了,在月光地里,活像一群恶狼。

我们终于把猪赶上了回家的大路,但我们难以忘却那颗女人的头。刘书记的红灯笼也一直照耀着我们的思维,我们站在粉坊外偷看着屋里的情景时,心里还亮着那盏红灯。

这一夜,粉坊没有开工。

拖了七天粉坊又要开工。要开工那天傍晚,刘书记吩咐民兵连长放两颗手榴弹以示庆祝。这无疑又是一件激动人心的大事,全村都传遍了,大人小孩都想看。

放手榴弹的地点选择在村东头的大苇湾里,苇湾西侧是第五生产队的打谷场,场边上有一道半人高的土墙,恰好成了观众的掩体。湾边有一棵非常粗的大柳树,有一年这树枯死了,村里人恐慌得要命;八老万买来骆驼那年,树又活了,大家照旧恐慌得要命。村里人说这树成了精,说谁要敢动这树一根枝儿,非全家死绝了不行。刚吃完晚饭我们就脚垫着砖头将下巴搁在墙头上等着看好景了。待了一会儿,大人们陆续来了,这季节村里人全吃红薯,大家都消化着满肚子红薯、吞咽着泛上来的酸水焦急地等待着。

终于等来了驼铃声。贯穿村庄的大街上,来了骆驼刘书记和民兵连长一行。刘书记上身笔直,端坐在驼峰之间,恰似一尊神像。那天晚上我们看见了纸糊的红灯笼高悬在骆驼背上,民兵连长背着上了刺刀的三八大盖子枪,两位基干民兵扛着红缨枪,腰里别着手榴弹。

在场上,骆驼停住,跳下刘书记,犹如燕子落地般轻巧,无声无息。

民兵连长大声吆喝着,不准众人的脑袋高出场边土墙,否则谁被弹片崩死谁活该倒霉。民兵连长正吆喝着,就听到那株成了精的大柳树上咯吱一阵响,一个黑乎乎的大东西从树上跌下来。

我们的魂儿都要吓掉了,因为红灯笼照出的光明里出现了一具没有头的女尸。也许由于没有了头,她的脖子显得特别长。她身上赤裸裸一丝不挂,一副非常流氓的样子。

众人刚要围成圆圈,就听到刘书记不高兴地说:"回去吧,回去吧,一具无头女尸有什么好看的?谁稀罕?谁稀罕就把她扛回家去吧!"

谁也不稀罕,于是大家便懒洋洋地走散了。

又拖了七天,民兵连长站在村中央那个用圆木搭成的高架子上,用铁皮卷成的喇叭筒子喊话,他告诉我们,晚上粉坊开始制作粉丝,先放四颗手榴弹庆祝,放手榴弹的地点还是在村东头的大苇湾里。

傍晚,我们消化着肚子里的红薯趴在墙头上,一会儿,骆驼一行来了。然后一切照旧,唯有树上没往下掉什么怪物。民兵连长站在红灯笼下,满脸严肃。我们看到他拧掉手榴弹木柄上的铁盖子,又用小指头从木柄里小心翼翼地勾出了环儿。他看了一眼刘书记,刘书记点点头。他猛地把手榴弹扔到苇湾里去了。手榴弹出手的同时民兵连长卧倒在地,我们也跟着趴下去。我们等候着那一声惊天动地的巨响。等啊等啊,巨响总不来,大家不耐烦起来,但谁也不敢先站起来。

骆驼打了个响鼻,刘书记站起来,质问民兵连长:"你拉弦了没有?"

民兵连长把挂在小手指上的弦给刘书记看。刘书记说:"臭火了,再扔个试试。"

民兵连长又扔了一颗,不响。

又扔了一颗,不响。

又一颗不响。

刘书记愤怒地蹦起来。刘书记说他娘的这些破武器怎么能打敌人,下湾去给我拣上来,点上火,烧这些狗杂种,看它们还敢不响。

没有人愿意到湾里去拣手榴弹,民兵连长喊来治保主任,治保主任押来了全村的四类分子:地主分子刘恩光和他老婆、富农分子聂家材和他儿子、伪保长大头于、反革命分子张二林、右派分子孙兔子,等等。民兵连长命令道:下湾去把那四颗手榴弹摸上来,摸不上来枪毙了你们这些狗杂种!

湾里水深及胸,半枯的芦苇还没收割,看上去挺吓人。四类分子不敢畏惧,稀里呼隆下了湾,像一群鸭子。芦苇顿时哗啦啦响了,水被搅浑,凉气和淤泥味儿一齐泛滥上来,冻着我们臭着我们。地主刘恩光的老婆是个小脚女人,一下湾就陷进淤泥里动弹不得,老地主也不敢去救她。

总算摸上来三颗手榴弹,还差一颗没摸上来,刘书记说:"算了,算了,就烧这三颗吧!"

第五生产队打谷场上有一垛豆秸,书记令人一齐去抱,抱了一大堆堆在场中央。书记亲自点上火,民兵连长把手榴弹扔到火堆里,转身就跑,刘书记也骑在骆驼上跑了。

跑了足有半里路,刘书记说:"停住吧,别跑了,三颗手榴弹炸不了多远,又不是三颗原子弹,跑什么?怕什么?"

经他这么一说,我们都定了心。全村百姓围绕着骆驼站着,远远地望着第五生产队打谷场上熊熊的火光,等待着天崩地裂。豆秸是好柴禾,残存在豆荚中的豆粒儿噼噼啪啪地响着,隔着半里路也能清清楚楚地听到。火大生风,火苗儿剥剥地抖着,像风中的红旗。火照得半个村子通红,那株成精老树的古怪枝杈像生铁铸成的,有点狰狞。巨响始终不来。

突然,我们看到一个通红的女人扑进火堆里。她张着胳膊,像一只通红的大蝴蝶扑进火堆里。她也许根本不像蝴蝶顶多像一只老母鸡扑进火堆里。她扑进火堆里那一瞬间火堆暗了许多,但立即又亮了起来,亮得发了白。一会儿,我们就闻到了一股香喷喷的鸡肉味。

那巨响还不响,无人敢上去添柴的火堆渐渐暗淡了,终于成了一堆不太鲜明的灰烬。刘书记骑在骆驼上发泄着对手榴弹的不满。此时天上出现了半块白月亮,已经后半夜了,我们四肢麻木,肩背酸痛,衣服上沾满冰凉的露水。

又拖了七天,我们躲在黑暗里观察着被汽灯照得雪白的粉条儿作坊。粉坊是村庄的第一项副业,又是开工头一晚,所以刘书记端坐在正中一张蒙着狗皮的太师椅上。他的骆驼拴在门前一棵桂花树上。我们看不清骆驼,但能闻到它嘴巴里喷出来的热烘烘的腐草味儿。

作坊里的情景您也很熟。那时候他已经十六岁,跟我们差不多,他把头伸到我们头上往作坊里张望着,我们辨别出了他的味道。

"'骡子',你是大人啦,怎么不到里边去吃粉条儿?""耗子"问。

满屋里流动着滑溜的粉条,我们没有资格进去,他有资格进却不进。"耗子"对女记者说:"他从花猪拱出人头的第二天起,就交了好运,刘书记让他住到自家的厢房里,专门饲养那匹宝贝骆驼。从此之后,村里几百口人里,只有两个人有资格骑骆驼,一个是刘书记,一个是他。"

你那时好神气啊!大家都说刘书记收你做了他的干儿子。你穿着一身绿色的上衣,上衣口袋里插着一支金笔,小脸儿白白胖胖。有时你骑着骆驼从我们身边路过,我们感到很不如你。有一次我亲眼看到"狼"对你点头哈腰。"大金牙"说,"骡子"总是高我们几个头。

现在你算惨透了,兄弟,为了什么事儿你竟敢把它割下来,你爹可就你一个儿子。

后边的事我们本不愿意对女记者说,但是她老把美国烟卷给我们抽,她还生着四层眼皮,我们便说了。这些事其实我们也弄不十分明白。

据说,"骡子"和刘书记那个三十岁刚出头的老婆勾搭上了,第一次好事就成功在他把头伸到我们头上的夜晚。我们是看热闹的,他是看门道。他看刘书记坐在狗皮椅子上精神抖擞地指挥着生产,一时半晌不会回家,便跑了回去,搂住了他的浪干娘。传说刘书记那个玩意儿一九四七年被还乡团割去了半截,剩下半截自然不顺手,他还偏偏娶了个比他小二十岁的女人,所以,这事儿也就不奇怪了。为什么偏偏有这样的好事被"骡子"碰上呢?那我们就弄不明白了啦。"骡子"那家伙我们是见过的,啊哈,怪不得叫他"骡子"。他大概也把那浪娘们给打发舒坦了。得意忘形,"骡子"倒了霉。

"骡子"被吊在村子中间那栋灰瓦房里挨揍的情景我们亲眼看见了。"骡子"光着屁股悬在房梁上,刘书记端坐在狗皮椅子上,指挥着民兵连长和两个基干民兵动手。

他可是真耐揍,打死他也不吭声。

后来刘书记拿着一把杀猪刀子要把他那个作孽的玩意儿割下来时他才告了饶。

"他怎么告饶?"毫无倦意的女记者逼问着我们。

他苦苦哀求着:干爹,亲爹,开恩饶了我吧,你砍断我一条腿,也别割掉我的……俺爹就我一个儿子,你不能断了老吕家的香火啊……

"后来呢?"女记者又点燃一支烟。

后来我们就不知道了。因为我把垫脚的砖坯蹬倒了,民兵连长在屋里大喊:谁在外边?吓得我们一溜烟儿窜了。

后来我们就不知道他的音信了,前年才听说他在京城成了大气候。

四、 时代英雄

有一个人身穿黑西服,脖缠红领带,嘴叼洋烟卷,鼻架变色镜,斜挎黑皮包,左手戴一块黑色电子表,右手戴一块黄色电子表,脚蹬高勒塑料雨鞋。他是谁?他是继"骡子"之后我们同学中出现的第二位英雄——"大金牙"。当时,他的头衔是:中华人民共和国高密东北乡环球计划生育用品开发总公司总经理兼高密东北乡避孕药制造厂厂长。一年半前的那个下午,"大金牙"就是如此威风堂堂地闯进了我们粉丝作坊。

大家看着他,如目睹天神下凡,一时都成了呆木瓜。他一张嘴吐出了一串掺杂着地瓜味儿的京腔:"我代表毛主席看你们大家来啦!"

我们一时被唬住了,怔怔地望着他,不知眼前是个什么人物。他龇牙一笑,露出马脚。"黄头"冲上去,一巴掌扇掉了他的变色镜,骂道:"大金牙,你这个驴日的也敢糊弄我们!"

"大金牙"急急忙忙拣起变色镜,仔细察看着,说:"开什么玩笑,这个值一百多块钱呢!"

"屁!""黄头"骂道,"你也猴子戴礼帽——充起人物来了。"

"大金牙"严肃地说:"人靠衣裳马靠鞍,穿差了人家瞧不起咱。我现在是农民企业家了,自然跟你们不一样。"

农民企业家"大金牙"从口袋里摸出一把名片,分给我们每个人一张。"拿着,好生拿着,会有用处的,"他嘱咐我们,"今后进城去,要碰到有人欺负你,你就把名片拿出来唬他。"

"大金牙"吃了两碗粉条,脱下雨鞋,坐在炕沿上,搓着脚丫泥,给我们讲他这次进京的奇遇。他的雨鞋里散出一股比屎还难闻的味道,外边大晴的天儿,这英雄却偏要穿高勒雨鞋。

"大金牙"告诉我们,他这次去京城,是去采购机器设备和原料的,避孕药可不是粉条,随便捣鼓就能捣鼓出来。当然当然,我们连忙说。避孕药是尖端化学,他说,要有技术,你们知道吗？我们知道。你们不要小瞧我,哼,还记得给"狼"当学生那年头吗？那时候吾即是大才子！门门功课总是考百分,县里把吾当典型宣传。我们实在记不起他考过百分,更不知道何年何月县里宣传过他。所以他说"吾即是大才子"时,"黄头"说：你是狗鸡巴！骂他狗鸡巴他也不恼,他撇着京腔继续说：因故辍学后,吾发奋自学,学完中学大学的全部课程,吾省吃俭用,节约了钱购买专业书籍和实验器材。当你们整天为了几个工分卖命时,我已研究成功了一种特效避孕药……怪不得你老婆不生孩子,八成是吃了避孕药了。对对,我这种药吃一片管十年,一个女人一辈子只要三片就够了,而且没有任何副作用,京城里那么多反动权威花费了成千上万的金钱才研究出了那种越吃生孩子越多的避孕药,还有那么大的副作用,吃了后头晕眼花,大便秘结,小便带血,四肢麻木,口舌生疮,头发脱落,牙龈脓肿……我这药没孕避孕,有孕打胎,兼治月经不调,子宫下垂,跌打损伤,口臭狐臭……够了够了,大金牙,金牙厂长,别耍贫嘴了,我们早就让马医生劁了,"老婆"没劁但"老婆"的老婆劁了,谁也不会买你的避孕药……但是,他们全都不理我,我去国家专利局申请专利,刚一进大门就被警卫抓起来,他们踢了我三脚扇了我两耳光,还说我是骗子。

"活该!""老婆"说。

"大金牙"说他流落在京城街头,口袋里一个子儿也没有,身上生了虱子,遍体瘙痒,肚中饥饿,好像只有死路一条。他忽然神秘地说:伙计们,我跟你们说,天无绝人之路!你们猜我碰到了谁?

难道你碰到了他?

不假。吾流落街头,正是虎落平川遭犬欺,忽然看到一男一女两个漂亮青年——那女的比四层眼皮女记者还漂亮——男的提着一桶糨糊,女的夹着一沓海报,逢墙就贴。那海报上写着:著名青年歌唱家吕乐之今晚将在首都体育馆演出!良机千载难逢!切莫错过。"骒子!"吾大喝一声,"骒子!"那一男一女气汹汹走上来,男的问:他妈的,你骂谁是"骒子"?女的说:打这个丫挺的!他们说打就打,打得吾眉头一皱,计上心来。我从口袋里掏出吾的名片,说:别打吾!吾是高密东北乡特效避孕药制造厂厂长,吕乐之是吾的同学。他们一听这话,立刻就不打吾了,反而满脸带笑向吾打听"骒子"的情况,吾说"骒子"身上有几个疤吾都知道,吾正要找他呢!吾要他们带吾去找他,他们说见他可不容易,他忙着呢!吾灵机一动计上心来,吾说他家的旧房基上挖出了一坛金元宝,让他回去处理呢!吾略施小计,把那两个人骗得屁颠地把我带去见"骡子"。

"你见到'骡子'啦?"我们一齐问。"骡子"的大名早已震动了高密东北乡,但是他不回来。

"你瞎吹吧!""耗子"说。

"谁瞎吹?"

"大金牙"一着急嘴里喷出了粉条渣渣,他说,"谁瞎说谁不是女人生的,谁瞎吹谁是骆驼生的。"

"他还是给刘书记养骆驼时那模样吧?"

不,绝不,他活像个大人物,他已经就是个大人物了对不对?那两个贴海报的带着吾坐了大车坐小车,七拐八拐,大街小巷,大花园小花园,到处都是冬青树和花草,红的黄的粉的蓝的,什么颜色的都有,京城好漂亮,比咱高密东北乡漂亮一万倍!吾都要转头晕了,才转到他的家。那两个年轻人吩咐我站住,他们去敲门,他的门上装着电钮,根本不用敲,轻轻一按屋里就唱歌。待了好久,门开了,露出了一张又白又瘦的脸,吾一眼就认出了他的眼。这家伙,两只眼还是那样贼溜溜的。那两个青年人点头哈腰地说:"吕老师,来了一个你的乡亲。""骡子"把眼移到我这边来了,吾忙上前两步,大喊:"'骡子'!'骡子'!好你个骚'骡子',半辈子没见你了!"他冷冰冰地问:"你是谁?"吾忙说:"我是你的同学'大金牙'呀!"他摇摇头说:"你找错人啦,我不认识你!"吾正要分辩,他早不理我了,他训那两个年轻人:"以后不要给我添麻烦!"那两个年轻人连连道着歉,门砰一声关了。

"这小子,连乡亲都不认了?"我们感到愤怒。

听我说,听吾说,那俩年轻人恶狠狠地转过脸来,三拳两脚就把我打得满地摸草,那女的踢人比那男人还狠,她的鞋头又尖又硬,像犍子牛的犄角儿。要是再敢骗人就把你送到派出所里去!那女人说。吾趴在楼梯上不敢动弹,装死吧,好汉不打装死的。吾听到他们咯咯噔噔地走远了,才敢扶着楼梯站起来。"骡子"!这个王八蛋!吾心里很难受,止不住的眼泪往下流。这时,听到头上一声门响,"骡子"的门开了。他站在门口说:"金牙"大哥,请留步。

"大金牙"故意停顿,眯着眼看我们。

他把吾请进他的家。他说离家乡多年,记不清了我的模样,不是有意疏远同学。他说经常有人去敲诈他。他的家里铺着半尺厚的地毯,一脚踏上去,陷没了踝子骨。屋里墙上挂满了字画儿,那些箱儿柜儿的,油汪汪地亮,天知道刷了什么油漆。人家"骡子"拉屎都不用出屋儿。人家喝的是法国酒,抽的是美国烟,裤子上的缝儿像刀刃儿一样。他还是蛮记挂我们东北乡的,问这问那,打听了若干。

问我们了吗?

问遍了!一边问一边说着"狼"打学生的事儿。他说"狼"的教鞭是他削的,"狼"打弹弓用的泥球儿也是他搓的。

啊呀!这家伙!

他还问"小蟹子"和"鹭鸶"了。他还记得到"蟹子"家窗前唱情歌儿,被"蟹子"的爹差点逮住的事儿。

只可惜"小蟹子"住进了精神病院。

我们正说得热乎着呢,有人按门上的电钮儿,屋里唱小曲儿。"骡子"让我坐着,他起身去开门,吾听到他在门口和一个女人嘀咕了半天,后来那女人闯了进来。你们猜她是谁?

是那个四层眼皮的女记者呀!她进门就脱衣裳,没脱光。她说"大金牙",你还认识我吗?我说认识认识怎么能不认识呢?她支派"骡子"给她倒酒。"骡子"忙不迭地给她倒,红酒,盛在透明的玻璃杯子里,像血一样。那女人也把你们全问遍了。

后来,屋里又唱小曲儿,又有人按门上的电钮儿,"骡子"

坐着不动,那小曲儿一个劲地唱。四层眼皮不怀好意地说:去开门呀!怕什么?"骡子"苦笑着,坐着不动。女记者从沙发上蹦起来,说:你不敢去我去。"骡子"耷拉着头,像吃了毒药的鸡。女记者开了门,气呼呼地进来,她身后又跟来一个女人。这女人一头好头发,像钢丝刷子一样支棱着,薄薄的嘴唇上涂着红颜色,像刚吃了一个小孩,一看就知道不是个善茬子。她也是一进屋就脱衣裳,也没脱光。"骡子"说:这是我的乡亲。那女妖精哼了一声,算是跟我打了招呼。她也是让"骡子"给她倒酒,"骡子"起身给她倒,红酒,盛在透明的玻璃杯子里,像血一样。那女人喝着酒,拿两只蓝眼睛瞪着四层眼皮的记者;四层眼皮的记者也喝着酒,拿两只绿眼瞪着红嘴女人。就那么瞪着瞪着,四只眼睛里都噗噗噜噜地滚出泪水来。"骡子"给夹在中间,对这个笑笑,对那个笑笑,像孙子一样。

吾不是傻瓜,对不对,咱知趣,吾说:"骡子",吾走了,抽个空儿去趟高密东北乡吧,乡亲们想你!"骡子"站起来,说:也好,你住在什么地方?赶明儿我去看你。不待吾回答,四层眼皮就蹿起来,扯着嗓子喊:别走,吕骡子,你这个臭流氓,当着你的乡亲的面把你的丑事儿抖搂抖搂吧。你骗了我,又找了一个女妖精。那女妖精更不省事,端起酒杯就把酒泼到女记者脸上了。两个女人哇的一声叫,打成一堆,互相揪头发,互相抓脸皮,互相扇耳光,打成了一堆,在地上滚,幸亏有地毯,跌不坏。"骡子"喊着:够了!够了!你们饶了我吧!

两个女人打累了,从地毯上爬起来,脸上都是血道子,头发都披散着,衣裳都撕了,都露了肉,都哭着骂骂着哭。哭够了骂够了,女记者拎起衣裳,说:"大金牙",回高密东北乡去好好宣传他!她还对那女妖精说:告诉你吧!别得意,他从小就是流氓,你早晚也要被他涮了!女记者走了。女妖精也拎起衣裳,说:告诉你,我怀孕两个月了,你别想让我去流产!你连想都别想!

两个女人走了。"骡子"双手抱着头,好久好久不动,好久好久不吭气。我看着他那样子心里好不难过,原来他也不容易。我想劝劝他,又狗吃泰山无处下嘴。我说:"骡子",回家乡去看看吧,刘书记前年就死了,骆驼也死了,在家时你还是个小毛孩子,小毛孩子谁不干点荒唐事?现在你给家乡争了光彩,大家都盼着你回去呢!

他呜呜地哭起来,双手抱着头,像个小孩儿一样。他哭了半天,不哭了,他说:我真不该唱什么鬼歌,真恨爹娘生了我个男人身,我是个男人所以我连连倒霉,总有一天……

他说：你们听过我唱的歌吗？我说：听过听过，大人小孩都听过。他说：县里领导来信请我回去唱歌，我要回去，马上就回去。他说："金牙"，今晚的事你回去千万别跟同学们说。我说：不说不说。他说：回去后我要到剧场里演唱，到时你们都去给我捧场。

"骡子"马上就要回来了。

一辆红白两色的面包车把我们拉进了县城，面包车跑得沙沙沙一溜黄风，坐垫儿软得屁股不安宁。"大金牙""黄头""耗子""老婆""干巴"……"狼"的学生挤满了车。一个留着小平头的干部说："吕乐之同志委托我来接你们看他演出，他正陪着县长和副市长吃饭。他说请你们原谅他。"

我们想，你也太客气了。你现在是何等人物，请我们坐面包车已经让我们心里蹦跳不安，怎么敢劳动你亲自来接我们。车里有收音机或是录音机，机器开放着，满车里都是你的歌声，灌得我们晕晕乎乎，半痴半醉。

车快得连路边的树都倒了，差一点撞死一条白花狗。他的歌声在车里盘旋——十八的大姐把兵当——这歌儿流传在高密东北乡，大人小孩都会唱，我们一起骑在牛上唱过——当兵就吃粮——大米干饭白菜汤——馋也么馋得慌——又差点压死一只芦花老母鸡,它叫着飞上了树——当兵先铰成二刀毛——过腚的大辫子咔嚓剪掉了——腰扎牛皮带——肩扛三八枪——身披黄大氅——车头碰死一只麻雀——当兵去打仗打仗不怕死——两个营的八路埋伏在大桥西——正晌时接了火——打死了小日本一百还要多——撇下了一百多尽是好家伙——战斗胜利了——同志们好快活——车进县城,满街都是车,十分热闹——同志们好快活——拐进了一个大院子,那留平头的干部说到了县政府了——同志们好快活——同志们好快活。

我们软着腿下了车,就看到瘦瘦高高的"骡子"陪着两个大干部向我们走过来。

我们坐在好极了的位置上,前边是市里和县里的大干部。剧场里全是灯,不知道浪费了多少电。那道暗红的大幕沉重地悬挂着,吓得我们够呛。剧场的门厅里,摆着一幅巨大的广告牌,牌上画着一个大姑娘,面带着微笑,手举着一个大瓶子,说:请吃高密东北乡特效避孕药。"大金牙"满脸的得意都流到下巴上去了,他不时地抬起西服的袖子擦着下巴。

"骡子"怎么还不出来呢?别着急,好戏都要磨台。你看,幕动了!大幕果然裂开一条缝,一个全身通红的女人钻出来。她的两个耳朵垂上挂着两个鸡蛋那么大的铜铃铛,一动脑袋铃儿响叮当,让我们想起刘书记的骆驼。她说:剧场重地,请勿吸烟,请勿吃带壳的东西!说完了她就钻到大幕里去了。

大幕终于拉开了,我们头顶上的灯灭了很多,台上的灯亮了好多。台上早摆好了一大溜蒙着白布的桌子,桌子后边坐着一排人。一个人扛着机器,给坐在桌子后边的人照相;一个人拖着黑电线;还有一个,高举着一个四四方方的东西,那东西突然射出了一道雪白的光芒,把桌子后边的人都照得不敢睁眼。"骡子"坐在正中央,只有他睁着眼,好像看着我们。又出来一个全身碧绿的女人,裙子里安装着几十个明明灭灭的小灯泡。稀奇稀奇真稀奇。她背上背着什么?"黄头"悄声问。"大金牙"说:背着干电池呗!她说了一大通话,紧接着县长讲话,紧接着"骡子"讲话,后来,大幕关闭了。

大幕又开了时,台上的桌子撤走了。县长他们下了台,在我们前排就了座。那个绿女人说:演出现在开始!台下一片欢呼。她说第一支歌是:《高密东北乡,我可爱的家乡》。

"骡子"穿着一身白得让人不敢睁眼的西服,手里握着一个喇叭筒子,说了些客气话呜里哇啦,然后开始唱:

我的家乡真美丽——

这小子,真会装模作样,美丽?美丽在哪里?

黑水河从我的心上流过——

我们忘不了你在河里洗澡时的恶作剧——

到处是大豆高粱红红绿绿黄黄遍地是牛羊——

纯属胡唱,胡唱——

百花齐放春风浩荡蜜蜂采花把蜜酿——

你唱得实在不精彩,著名民歌演唱家,不过是扯着喉咙瞎嚷嚷。

为了老同学,我们使劲拍巴掌。

那个穿红衣裳的女人把一把塑料花塞他怀里,演出到此结束。我们连连打着哈欠,等着他来接见我们。

他跟我们一一握手,还送给我们每人一个电子打火机。

面包车把我们卸在村口就跑了。满天都是星星,河里一片蛤蟆叫,空气潮漉漉的,露水落下来。我们啪啪地打着电子打火机,你照照我的脸,我照照你的脸。"大金牙"神秘地说:

"伙计们,你们猜他跟我要什么东西?"

"你有什么稀罕东西值得他要!"

"你们猜嘛!"

"鬼才去猜!"

"我告诉你们吧——可别瞎传播——他跟我要那种特效避孕药!"

"噢——你那鬼药灵不灵呀!"

"灵灵灵,绝对灵,我这药有孕堕胎、没孕避孕,兼治经血不调、胸胁胀满……"

"去你的吧!"

五、"大金牙"折腾记

"大金牙"的爹就是个人物。我们没见过他的爹,他死得很早,也有人说他成了仙。我们听我们的爹娘说,"大金牙"的爹本是个老实巴交的庄户人。说有一天他到南大洼里去锄高粱,碰见了一个白胡子老头,送他一本天书,那天书上写满了蝌蚪文,没有人会念,只有"大金牙"的爹会念。天书上写着炼仙丹的方法,只要炼出仙丹,谁吃了谁成仙。他天天炼,在屋里安了一个铜炉子,铜炉子下插着劈柴。他炼丹用的材料稀奇古怪,什么砖头面儿、磕头虫儿、屎壳郎儿、麻雀蛋、蝙蝠屎、长虫皮……全村都能闻到从炼丹炉里跑出来的味儿。他天天炼,炼了好几年。有时他上街,人们问他:炼出来了没有?他小声说:要想个法子,要想个法子,每当我要开炉出丹时,狐狸精就把丹给盗了。大家都笑他。他最后想了个好法子:开炉取丹时,让一个正来例假的女人站在炉边,狐狸精怕女人血,就不敢来盗仙丹了。说他出丹那天,"大金牙"的娘站在炉边,一开炉门,果然白气冲起,差点没把屋盖掀跑,他的脸在白气中隐现着,赤红赤红,宛若一块炉中钢。白气渐渐散去,低头看炉中,果然有一粒像樱桃那般圆润、像樱桃那般鲜艳的仙丹在炉底闪闪发光,空中伸下一串串毛茸茸的大尾巴,房顶上传下来狐狸精焦急的吼叫。他命令女人解开裤腰,放出秽气,狐狸们退了。他抓起仙丹一口吞了,把"大金牙"的娘气得够呛。他吃了仙丹后,满脸是喜气,双眼放着神光。他抱出一堆黄表纸,放在院子里,然后坐在纸前,点燃了纸,对老婆说:我要上天了。他老婆纳着鞋底子看着他的升天仪式。火焰高涨起来,纸灰满院子飞舞。一会儿火熄了,他还坐在那儿,闭着眼。"大金牙"的娘上去,踢他一脚,说:神仙,该吃饭了。竟然没有回声,仔细看时,人已经没了气息。"大金牙"的娘号哭起来,引来村里人看热闹。一个白胡子老头说:你哭什么?他已经脱了凡胎,成了神仙,你哭什么?"大金牙"的娘擦着眼说:这个没良心的,炼出仙丹来只顾自己吃,他成仙上天,俺娘儿们还得留在人间受罪。"

"大金牙"的避孕药厂开工那天,村子里的老人把"大金牙"的爹炼仙丹的事儿讲给好多人听。

开工那天,吕家祠堂挤满了人。村长和村党支部书记各操一把大剪刀,剪断了把我们当年的教室和"狼"当年的办公室联结在一起的红绸子。红绸落地,鞭炮响起,纷纷扬扬的纸屑和淡蓝色的青烟一起扎进我们的眼睛。然后是书记讲话,村长讲话,"大金牙"讲话。"大金牙"说他要造福乡梓,降低出生率,提高人口质量等等。他私下里对我们说过,"骡子"很欣赏这工厂。他说"骡子"说中国所有的事情就坏在人口多上,人类的所有苦痛都建立在性交之后可能怀孕这一严酷的事实上。"所以他才帮我的忙,在京城里。""大金牙"在粉坊里对我们说。所以"大金牙"说他的工厂得到著名歌唱家赞助,为表感谢,他请"骡子"担任避孕药厂厂长。今后,我们生产的每一盒药的盒子上,都要印上"骡子"的头像和"骡子"的大名。

——这就是轰动一时的骡子牌避孕药的来由。祠堂里的坛坛罐罐就不说了,还有那些五颜六色、怪味扑鼻的配料也不说了。

"大金牙"的工厂冒烟之后,整座村子都被那怪味充斥了。闻了那怪味我们都感到不舒服。起初仅仅是不舒服,后来就恶心伴随呕吐、腹痛伴随腹泻,还有很多症状,不能一一例述。我们并没想到这是被"大金牙"折腾的。后来,连鸡都不下蛋了,鸡都蹲在墙旮旯里吐酸水。又后来,村里所有的男人都无法跟女人睡觉了。女人更彻底,据她们回忆道:自从闻了从吕家祠堂里飘来的味道后,她们都没了例假,而且一见了男人的影子就想上吊。

"大金牙"研制的这种药太厉害了。

据说他发出去了一批药。

很快,有消息传来,说"大金牙"制造毒药,损害了人民健康,公安局要来抓他。我们把这消息告诉了他。当天夜里他就失了踪。也有人说他藏在自家的一个地洞里。

"大金牙"办工厂时除了从信用社贷款外,还借了村里好多人的钱。他一失踪,债主们纷纷找上门去。他老婆装死狗,说要钱没有,要命有一条。债主们无奈,只得争先恐后往吕家祠堂跑,想看看那里有没有可以抵债的东西。信用社主任想独家把工厂接管了,债主们红了眼,一窝蜂拥进工厂里去。

那天我们都在场,铁皮烟囱还冒着一种鲜艳的红烟,十几个戴着防毒面具的雇佣工人还在按照"大金牙"指导的程序制药。一个大炉里有通红的火,屋里的空气刺鼻子扎眼。大家打量着"设备",都失望得要命。于是村长喊:别干了,"大金牙"跑了,我们都被他骗了。

工人们停下手中的活,傻不棱登地看着我们。众人的怨气无处发泄,便一齐动手,把那些坛坛罐罐捣得稀巴烂,然后捂着鼻子跑了。

那股怪味儿在我们村子里飘漾了一年多,现在才淡了些。

六、人头菊花

这件事情仅仅是传说。据说有一个人佯装走了,实则趴在道路旁边的沟里藏了起来。我们至今还记得,沟里填满了一大团一大团的红薯秧子,趴在上面会很舒服。我们猜测那个人是"骡子",但他坚决不承认,"耗子"曾经问过他。

传说那个人看到刘书记、民兵连长和两个基干民兵待到大队的人走远后,就坐在一块抽烟。抽够了烟,就点了一把火,把红缨枪挑了人头,放在火上燎,燎得吱啦啦冒烟才停。

还说有好几条狼在火堆的光明外一个劲儿号叫。两个民兵中的一个有点害怕,刘书记批判他:怕什么怕?不是有枪吗?

他们没有对着狼开枪。

回忆一下,在赶猪回家的路上我们也许听到过枪响,如果有枪声,也一定是劳改农场里士兵追赶逃犯时放的。

潜伏者说,民兵连长从骆驼背上拿了一条麻袋把人头装了。刘书记骑上骆驼,民兵连长等人尾随着,向村子里走。

传说刘书记把人头埋在一个大花盆里,花盆里栽着一墩菊花,然后浇上三碗清水。刘书记家院子里的确有一盆菊花,这不是传说。第二年秋天刘书记那盆菊花开放了,这也不是传说。

你那时已经是刘书记的骆驼饲养员。你除了精心饲养骆驼外,还必须精心侍弄这盆菊花。你为它浇水,抓虫子,赶苍蝇。传说这盆菊花只开了一朵花,花朵肥大,大如人头,颜色是黑得透红或红得发黑,花朵放出奇香。说归说,我们没看过这盆名菊。

我们亲眼看到那盆菊花是他逃跑后(用失踪更准确些)的那些日子里,那盆菊花在刘书记怀里,刘书记在骆驼的两个驼峰之间。那个中午太阳很大,街上的尘土都放出光彩。

刘书记抱着菊花坐在骆驼上,骆驼闭着眼慢腾腾地走着,那两座驼峰中的一座软瘪瘪地倒了,刘书记和骆驼都像梦境中的东西,唯有菊花夺目,放出黑色的亮光和阳光作对。算一算这事情过去二十多年了。

他在收音机里唱:有一个美丽的传说,少女的头上,开放了黑色的花朵……

也许这不是传说。算了算了,管它是传说不是传说呢。

七、巨响

至于是否有大蝴蝶般的女人扑进了熊熊燃烧的火堆,也只能当传说听。那晚上我们太累了,太累了就容易产生幻觉,另外火光外站着的人也容易产生幻觉。还有前回所说的好多事儿都可能是幻觉,连传说也有可能是幻觉。幻觉本身更容易成为幻觉。因为把一切都推给幻觉我们感到很轻松,有点像从噩梦中醒来的滋味。他真的把传宗接代的宝贝割下来了?我们是否真的站在他的门外呼唤过他?都不确定。

巨响的幻觉性也很大。那天晚上,火堆里埋了三颗手榴弹,刘书记的意思是要烧得它们爆炸,但火堆快要把最后一点红烬消失掉时它们还不炸。如果不是幻觉,那么,我们就慢慢地围上去了,每个人都小心翼翼,一边小步前进一边准备随时卧倒。其实,它们真想爆炸,我们根本来不及卧倒。

"黄头"很有些军事常识,他说手榴弹放到火里烧都不炸是不正常的,它们迟早会爆炸,我们每前进一步,就离着爆炸近一步。一般地说三颗手榴弹会同时爆炸,同时爆炸就会产生一声巨响。弹片有杀伤力,更大的杀伤力来自爆炸时产生的热气浪。它能隔着肚皮把你的肠子撕成香蕉那样长的一段一段又一段。

八、情深时想起爹娘夜捞羊

我们坚信我们的真诚会使你感动,你会敞开你的门,放我们进去,让我们安慰你,我们决不会主动问你为什么要割掉自己的下体,鸡吃石头子儿自有鸡的道理,你自有你的道理。你必定是感到非割掉它不可了才把它割掉的。我们打听到一个办法,可以让它再生出来。也不是我们打听到了什么办法,是失踪的"大金牙"不知从什么地方寄给我们一封信,他说吾惊悉"骡子"自己毁了自己,吾想他一定是一时激动,这太简单了,就像猫儿爬上树也必然能从树上爬下来一样。吾想只要"骡子"肯把他唱歌挣来的五十万块钱借给吾五万块,吾就还他一个男人身子,五万元买个金刚钻儿,不贵吧?说到这里还得补充几句:不是说"大金牙"发出去一批药吗,那批药被京城里一些人吃了,男人女人都吃,吃了后都想自杀,于是一级一级查下来,听说公安局夜里摸进村庄来逮捕"大金牙",没逮着。他的药太峻烈了。我们真担心"骡子"花了五万元买来一根可怕的。

你皱着眉头对我们说:"滚!全都滚!"

"骡子",我们好心好意来看你,没有一丁点儿恶意,为什么要我们滚呢?你走红运的时候我们并没有去找你,你现在正倒霉,倒霉的人需要友谊是不是?

"你们根本理解不了我!"你满面红光地说,"我好得很!"

"就冲你好得很,也该把你的烟拿出来,让老同学们过过瘾,那四层眼皮的女记者还把她的美国烟卷扔在炕上,让我们随便抽来着。"

你的脸阴沉起来。好,我们不提那女记者啦,她要是再敢到我们村里来刺探你的情报,我们就劁了她的蛋子儿。她说你跳到护城河里救上了一个小孩真有这事吗?

你摆摆手,把烟撒给我们抽。

这恐怕又是幻觉的继续。

你说:"你们不理解我,你们只理解肚子和牙。"

你在门里,我们在门外,我们听到你的声音,如同一条小溪里的流水声:

"……市精神病医院你们去过吗?你们去看过'小蟹子'吗?"

没有,我们没有时间去。她在县百货公司站柜台卖彩气球时"大金牙"见过她一面,"大金牙"说她胖得很厉害,一张大脸白白的,眼睛比她少年时小了许多,"大金牙"说她可能是浮肿。对对对,她原先是卖过磁带什么的,后来"大金牙"说她又去卖气球了。她一手攥着一把气球的线儿,头上飘着两大簇五颜六色,嘭嘭地响。

"市精神病医院门前有一棵大槐树,槐树上有窝老鸹,见人到树下它们就呱呱地叫。你们猜不到我为什么要去看她。医生不让我进去,说她很狂躁,打人咬人什么的。后来我拿出了我的名片给医生,医生说:你就是那个唱歌的呀,你非要见她?那你赶快到街上去买两把气球儿,必须彩色的……

"我举着两把气球儿,像举着两把鲜花,走进了她的病房,她坐在椅子上,手捂着脸,正在那儿叽里咕噜地骂人。医生喊了一声,她把手从脸上拿下来,两眼凶光,好像要跟人拼命。但是她的眼立即柔和了,她看见了气球。她喃喃着,像个小孩子一样偎上来。给我……给我吧……我给了她,她举着气球跳起来……

"现在,你们可以走了吧?"

"滚,都滚,不要惹我发火!"

"耗子"神秘地对我们说,那天你们走了以后,我又回去了。我站在他的门外只敲了一下门,他就把门打开了。他一团和气,穿得整整齐齐,先让我喝了盅满口都香的茶,又让我抽美国烟。我仔细(当然是偷偷地)打量了一下他的那地方,鼓鼓臃臃的,并不像少点儿什么,那事儿怕又是造他的谣言。他对我说这次回来是体验生活,搜集民歌民谣,找了我们几次都找不到,他还说你们有意疏远他。他说你回去跟"黄头"他们说:"骡子"永远变不成马,唱歌的事儿本没有什么了不起,是个人就能。他说在外边混饭吃不能太老实,太老实了就要受欺负;他说回乡后可得老老实实,一就是一二就是二,骗子就怕老乡亲嘛!他问了好多好多事,他说压根儿就没见过"大金牙","大金牙"去京城那些日子,他正在日本国演出呢。他说他很想去看看"小蟹子",只是不知道精神病医院在什么地方。他还说"鹭鸶"这家伙太过分了,怎么可以打老婆呢?"小蟹子"大概是世界上最优秀的女人了,可现在竟被他折腾疯了。

"耗子"说,我还问了他一些早年的事,譬如说摸"小蟹子"的胸脯的事儿、夜里捞羊的事儿。他有些伤感地说:光阴似箭,转眼就是二十年啦。他说那纯粹是小孩子胡闹,根本算不上恋爱的,"鹭鸶"如果连这都不能原谅,那可实在太糟糕了。我是摸了她一下,她跑了,我可吓得没了脉,棍子一样戳在河堤上,只想跳河自杀。第二天上学时,我生怕她告诉了"狼","狼"要是知道了我敢摸女生的胸脯,非把我打死不可,她没有告诉"狼",我心里感谢她,感谢极了。从此之后我再也不赶着羊追她了,也没有羊好赶啦,那只母羊掉到河里淹死了,那只公羊累瘫了。说到这里他和我都哈哈大笑起来。

"耗子"还说,他说他摸"蟹子"时肯定被"鹭鸶"看到了,当时他就恍惚看到一个瘦长的影子在高粱地里晃动。他说他呆立在河堤上,不知过去了多少时间。爹娘的声音伴随着一盏红灯愈来愈近,一直逼到他的眼前。他不动,准备豁出皮肉挨揍了,奇怪的是那晚上爹和娘都变成了菩萨心肠,不打他也不骂他,只是轻轻地问他那只母羊哪里去了。他说母羊滚到河里去了。于是,爹和娘便脱外边的长衣服下河去捞羊。爹高举着红灯笼,生怕被水浸湿了,河里哗啦哗啦响着,爹和娘的身体被灯笼火照得朦朦胧胧,显得很大很大。突然听到娘说:摸到了摸到了!爹举着灯笼凑上去。突然又听到爹和娘的怪叫声一拖很长,灯笼掉在河里,随水漂去。爹和娘挣命般扑腾着爬到岸上来,浑身滚着水。黑暗中看不到他们的眼睛,但能感觉到他们在颤抖。爹扛起瘫在地上的公羊,娘拖着我,飞快地往回跑,直跑得上气不接下气,直跑得爹与羊一样摔倒在地,才停止。娘说:我的亲娘,吓煞我啦!我还以为是咱们的羊呢!谁知道竟是——爹低声说:少说话,"路边说话,草窠里有人"!娘不敢吱声啦。

"耗子"说得满嘴白沫,我们也听累了。

你别说了,既然他不嫌弃我们庄户人,咱们明儿个一块去看他吧。

好!明儿去看他。

九、汽车尾灯的光芒

"骡子","骡子",开门吧,我们拍打着你的门板,我们呼唤着你的名字,你不开门也不回答,昨天"耗子"不是骗我们就是他产生了幻觉。我们很失望地往回走,太阳高升,空气清新,你应该出来走一走,现在田里的活儿不忙,我们愿意与你一起散步,看看我们的墨水河,看看我们的劳改农场新建成的飞碟式大楼。一群剃着光头、穿着蓝帆布工作服的囚犯们在大豆地里喷洒农药,风里有不难闻的马拉硫磷味道。劳改犯里藏龙卧虎,你还记得我们村那栋红色大粮仓吗?那是一个六十年代的老囚犯设计的。那时候我们经常跑到劳改农场的大片土地里去割牛草,一边割草一边看那些老老小小的犯人。警卫战士抱着马步枪骑在膘肥体壮的战马上,沿着田间小径来回巡逻。马上的战士很悠闲,马儿也很悠闲。战士噘着嘴唇吹着响亮的口哨,马儿伸出嘴巴去啃小径上的草梢。我们最喜欢看女犯人。她们也都穿着一色的劳动布工作服,或锄地或割草或摘花。有一个女犯人特别好看,嗓子也好听。她们摘棉花时总要唱歌儿。碧蓝的天上游走着大团的白云,好多鸟儿尖声啼叫。也有战士骑着马在小径上巡逻,但他不吹口哨,他的马步枪大背着,他手里握着一根树条儿,无聊地抽打着棉花的被霜打红了的叶子。犯人们很欢乐,一边摘棉花一边唱歌。她们的歌声至今还在我们耳边上嗡嗡着,你在收音机里唱过她们唱过的歌。我们无论如何也要把你请出来,让你跟我们一起去看犯人干活去,犯人们在劳动时都高唱着你的歌曲。

> 从前有一个姑娘
> 在墨水河边徜徉
> 骑红马的战士爱上她
> 从脖子上摘下了马步枪

失踪好久的"大金牙"突然出现在我们的粉坊里。电灯的光芒把粉坊变得比汽灯时代更白亮。在电灯的光辉下,我们才明白那个四层眼皮记者所说的"汽灯比电灯还要亮"的话是骗我们玩的。"大金牙"好像从来就没逃跑过,他穿得更阔了,京腔更浓了,脚上的塑料雨靴换成了高勒牛皮靴。一进粉坊他就说:

"伙计们,不要问我从哪里来。"

然后他分给我们每人一张名片,每人一支香烟。他再也不脱鞋搓脚丫子泥了,他连坐都不坐,嫌脏啊,小子。他说:真正的好汉是打不倒的,打倒了他也要爬起来。谁是真正的好汉呢,"骡子"算一条!吾算一条!

他说他筹到一笔巨款,准备兴建一个比上次那个大十倍的工厂。这家新工厂除了继续生产特效避孕药之外,还要生产一种强种强国的新药。这种药要使男人像男人女人像女人。除了生产这种药之外,还要生产一种更加宝贵的药品,这种药虽说不能使人万寿无疆,但起码可使人活到三百五十岁左右。

当我们询问他是否见到"骡子"时,他说:见过,太见过了,在京城我们俩经常去酒馆喝酒。

我们一齐摇头。"大金牙"你过分啦,"骡子"回家乡把自己关在屋子里已经好久啦,你不是还写过一封信向他借钱吗?

"大金牙"脸上的惊愕无法伪装出来,他瞪着眼说:"你们说什么胡话?发烧烧出幻觉了吧?"

他逐个地摸着我们的额头,更加惊讶地说:"脑门儿凉森森的,你们谁也没有发烧呀!"

"老婆"说:"你摸摸自己发没发烧!"

"大金牙"说:"让我发烧比登天还难!"

该介绍一下"老婆"的由来了。"老婆"本名张可碧,现年三十八岁,男性,十五年前娶一女人为妻,生了一男一女,为计划生育,其妻于一九八四年去镇医院切除了子宫和卵巢。本来女性绝育手术只需结扎输卵管,但"老婆"的老婆的子宫和卵巢都生了瘤子,只得全部切除。为什么我们要把"老婆"这外号送给张可碧呢?只因张可碧父母生了六个女儿后才得到这个宝贝儿子,为了好养,所以可碧从小就穿花衣服、抹胭脂。父母不把他当男孩,他就跟着姐姐们学女孩的说话腔调,学女孩的表情、动作。等他长到和我们同学时,他的父母不准他穿花衣服了,但他的那套女人腔、女人步、女人屁股扭却无法改变了,所以我们就叫他"老婆"。

他的老婆切除了子宫卵巢后,嘴上长出了一些不黄不黑的胡子,嗓子变得不粗不细,走路大踏步,干活一溜风,三分像女七分像男。在这样的女人面前,"老婆"真成了他老婆的"老婆"了。

"大金牙"说:"骡子"富贵不忘乡亲,是个好样的,当然吾也不是一般人物,吾名气没他大,但脑袋里的化学知识比他多。我们被他给打蒙了,听着他胡说,想着我们是不是真的去敲过"骡子"的门?"骡子"是不是真的回到家乡?

"大金牙"说:京城里有一家全世界最高级的红星大饭店,吾和"骡子"在那里边住了三个月。一天多少房钱?不说也罢,说出来吓你们一跳两跳连三跳。

"骡子"活得比我们要艰难得多!是啊,像他这样的人怎么会艰难呢?又有名,又有利,吃香的喝辣的,漂亮女人三五成群地跟着。吾原先也这么说。可是"骡子"说："大金牙"老哥，你光看到狼吃肉没看狼受罪！名啊名，利啊利，女人啊女人！都是好东西也都是坏东西。就说名吧，成了名，名就压你，追你，听众就要求你一天唱一支新歌，不但要新而且要好。不新不好他们就哄你、骂你，对着你吹口哨，往你脸上扔臭袜子。还有那些同行们，他们恨不得你出门就被车撞死。还有那些音乐评论家们，他们要说你好能把你说得一身都是花，他们要说你坏能把你糊得全身都是屎……他说：我真想回家跟你们一起做粉条儿……

他真能回来吗？我们用眼睛问"大金牙"。

"大金牙"说：吾劝他千万别回来，宁在天子脚下吃谷糠，也不到荒村僻乡守米仓。他咕咚灌下去一盅酒，眼圈子通红，咬牙切齿地说：我不会回去的！我当年就是为了争口气才来这儿的。如果不成功，回去也无用。吾对他说："骡子"，你已经够份了，何必那么好胜，能唱就唱，不能唱就干别的。他又喝了一杯酒，狠狠地说：不！那天晚上他喝醉了，吐了我一身，你们看我这套纯羊毛西服上的污迹，就是他吐的。我像拖死狗一样把他拖进房间，他躺在地板上打滚，一边打滚一边唱歌，那歌儿不好听，像驴叫一样。后来总算把他抚弄睡了，他在梦里还叨咕："金牙"大哥……我还有一个绝招……等我……那些狗杂种瞧瞧……

他要干什么？我们用眼睛问"大金牙"。

"大金牙"说：他千不该万不该得罪那个女记者。

女记者怎么啦？

"大金牙"说：他的票卖不出去了。他的磁带也卖不出去啦。现在走红的是一些比他古怪的人，嗓子越哑、越破越走红……

这些都与我们没关系，我们只是想知道，他为什么要把自己的……割掉？我们用眼睛问"大金牙"。

"大金牙"说：你们别幻觉啦。

"老婆"说：俺是听俺老婆说他回来了。他那旧房子不是早由村里给他翻修好了吗？俺老婆说那天黑夜里起码有一排的人往他家搬东西，一箱箱的肉，一坛坛的酒，一袋袋的面，好像他要在里边住上一辈子似的。过了几天，俺老婆说：你那个同学把那玩意儿自己割掉了。俺问她是怎么知道的，她说是听街上人说的。你们说这事可能是真的吗？

"大金牙"又跑到粉坊里来了。他说吾刚从"骡子"那里回来。"骡子"拿出最好的酒让吾喝，他说他这次回来之所以不见人，是为了锻炼一种新的发声方法。一旦这种发声方法成功了，中国的音乐就会翻开新的一页。他充满了信心。

他还说待些日子要亲自来粉坊看望大家。

他还对你说了些什么？我们用眼睛问"大金牙"。

"大金牙"说：他还对吾说了汽车尾灯光芒的事。他说有一天夜晚，他独自在马路上徘徊，大雨哗啦啦，像天河漏了底儿。街上的水有膝盖那么深。所有的路灯都变成了黄黄的一点，公共汽车全停了，等车的人缩在车站的遮阳棚下颤抖。起初还有几个人撑着伞在雨中疾跑，后来连撑伞的人也没有了。他说他半闭着眼，漫无目的地在宽阔的马路中央走着，忽而左倾忽而右倾的雨的鞭子猛烈地抽打着他的身体，他说我的心脏在全身仅存的那拳头大小的温暖区域里疲乏地跳动，除此之外都凉透了，我亲切地感觉到眼球的冰凉，一点冷的感觉也没有，本来应该是震耳欲聋的雨打地上万物的轰鸣，变得又轻柔又遥远，像抚摸灵魂的音乐——什么叫"抚摸灵魂的音乐"呢？你这家伙——吾怎么能知道什么叫"抚摸灵魂的音乐"呢！吾要是知道了什么叫"抚摸灵魂的音乐"吾不也成了音乐家了吗！"大金牙"的叙述被我们打断，他显得有些心烦意乱。你们都是俗人，怎么能理解得了他的感情！吾只能理解他的感情的一半。他说他在雨中就那样走啊走啊，不知走了几个小时，突然，一辆乌黑的小轿车鬼鬼祟祟地迎面而来，它时走时停，像在收获后的红薯地里寻找食物的猪。它的鼻子伸得很长很长,嗅着大雨中的味道。他说他有点胆怯,便站在一棵粗大的梧桐树边不动。它身上迸溅着四散的水花,从他的面前驰过去,就是这时候,他看到汽车尾灯的光芒,它像一条红绸飘带在雨中飘啊飘啊,一直飘到他脸上。后来,他恍恍惚惚地感觉到那辆狡猾动物般的小轿车又驰了回来,在瓢泼大雨中它要寻找什么呢?雨中飞舞着红绸般的汽车尾灯的光芒,他说他如醉如痴。汽车在行进过程中,车门突然打开了,有一个通红的大影子在雨中一闪。汽车飞快地跑走了。他看到雨中卧着一个人。他犹豫了一阵,走上前弯腰察看,原来是长发凌乱的女人。他问她:你怎么了?她不回答。他再问:你病了吗?她不回答。他再问:你病了吗?她不回答。他伸手去拉她时,她却突然跃起来,用十个尖利的指爪,把他裤裆里那个"把柄"紧紧地抓住了。你们知道不知道被抓住了"把柄"的滋味?那可是难忍难熬。他说他昏过去了。等他醒来时,发现自己已被人剥得赤身裸体。如红绸飘带般的汽车尾灯的光芒在雨中继续飘动。只有雨,街上一个活物也没有,他说他光着屁股跑回家。站在门口他哆嗦着,衣服已被剥光,钥匙自然丢了,没等他想更多,眼前的门轻轻地开了,开门的人竟有点像那个在雨中梦一般出现又梦一般消失的女人。

十、抚摸灵魂的音乐

把六个淀粉团子做完后,夜已经很深了。作坊里的所有支架上都晾上了在电灯下呈现蛋青色的粉丝。我们感到非常累。"耗子"心情很好,从炕头柜里摸出了一包好茶叶,用暖壶里的水泡了,倒到两只大碗里大家轮流喝。村子里时有狗叫,声音黏黏糊糊的,催人犯困。"耗子"拨弄着他那个破收音机,收音机里沙沙响。"老婆"说:别拨弄了,城里人早就睡了。"耗子"说:你简直是个呆瓜,城里人睡得晚,果然收音机里有一阵阵的掌声和嗷嗷的喊叫声。有一个女人在收音机里说:亲爱的听众们,在今天的晚间节目里,我们将为您播放著名现代流行歌曲演唱家吕乐之音乐晚会的实况录音片段……

我们高高地竖起了我们的耳朵,听那女人说:吕乐之早在数年前就以他那充满乡土气息的民歌博得了广大听众的热烈欢迎,近年来,他发愤努力,艰苦训练,成功地将民歌演唱法和西洋花腔女高音唱法天衣无缝地融合在一起,创造出一种世界上从来没出现过的新唱法……他的演唱使近年来走红的流行歌手们相形见绌,他用自己的艰苦劳动和得天独厚的喉咙重新赢得了广大音乐爱好者的爱戴。世界著名的声乐大师帕瓦罗蒂听了吕乐之的演唱后,眼含着热泪对记者们说:这是人类世界里从没出现过的声音,这是抚摸灵魂的音乐……

在一阵阵的疯狂叫嚣中,他唱了起来。他的声音让我们头皮阵阵发麻,眼前出现幻影。他的声音不男不女,不阴不阳,跟"老婆"的切除了子宫和卵巢的老婆骂"老婆"的声音一模一样。

劳改农场那边又响起了也许是枪毙罪犯的枪声。我们是不是站在你家门前敲过门板呢?也许真是幻觉,即便在真幻觉里,我们也感到恐惧。

一本书打开一个世界

欢迎订购、合作

订购电话：0571-85153371

服务热线：0571-85152727

| 莫言读书会 | KEY-可以文化 | 浙江文艺出版社 | 天猫旗舰店 |

关注莫言读书会、KEY-可以文化、浙江文艺出版社公众号，及浙江文艺出版社天猫旗舰店，随时获取最新图书资讯，享受最优购书福利以及意想不到的作家惊喜